Milla Dümichen

Bittere Bonbons

Bibliografische Information der Deutschen Nationalbibliothek: Die Deutsche Nationalbibliothek verzeichnet diese Publikation in der Deutschen Nationalbibliografie;

detaillierte bibliografische Daten sind im Internet über dnb.de abrufbar.

Lektorat: Rudolf Köster

Herstellung und Verlag: BoD – Books on Demand, Norderstedt
ISBN: 9783750469495

Vorab

Bevor das Buch beginnt

Die Geschichten Milla Dümichens werden in diesem Büchlein in drei Abschnitten erzählt, einer Gliederung, die sich gleichsam von selbst ergibt:

Unter dem Titel *Russische Wurzeln* geht es um Episoden und Erlebnisse in ihrer ersten Heimat Russland, aus der sie beim Zusammenbruch der UdSSR als Vierzigjährige mit ihrer Mutter nach Deutschland kommt. Immer wieder spürt der Leser nicht nur die realistische Sicht der Autorin auf das verlassene Land, sondern auch einen Rest Sehnsucht, wenn sie darüberschreibt.

Im zweiten Teil geht es ebenfalls um das Land ihrer Kindheit, ihr Verlorenes Paradies, wie Milla eine dieser Erzählungen wehmütig überschreibt. Auch nach ihrem Weggang wecken manche Ereignisse, Beobachtungen oder Gedanken Erinnerungen an die alte Heimat. So entstehen Erzählungen *Zwischen den Welten,* Geschichten über ihr Russland, gespiegelt an Erfahrungen in Deutschland.

Der letzte Abschnitt, *Angekommen,* fasst Erzählungen aus dem ganz normalen Alltagsleben der Autorin hier in einer westfälischen Kleinstadt zusammen. Der schwierige Umgang mit der deutschen Sprache, Irritationen bei der Partnersuche und im Umgang mit den Enkeln, Unannehmlichkeiten des Alltags und der lockere Umgang ihrer Mutter mit dem Älterwerden – der Themenbogen ist weit gespannt. Man spürt einfach die Lust der Autorin, das, was sie bewegt, aufzuschreiben – auch wenn sie das hier in ihrer zweiten Heimat in einer erst spät erlernten Sprache tut. Und bevor sie in diesem Vorwort selbst erzählt, wie sie dazu gekommen ist, diese Geschichten aus ihrem Leben aufzuschreiben, möchte ich Milla Dümichen als Autorin etwas näher vorstellen:

Ein Leben in zwei Welten ...

... und doch wieder nicht. Ihre Geschichten, die Milla uns hier erzählt, spielen nur geografisch in unterschiedlichen Ländern: Anfangs in ihrer ersten Heimat Russland – in Sibirien und Georgien – und dann in Deutschland, dem Land, in dem sie sich jetzt heimisch fühlt.

Doch beim näheren Hinhören wird es immer deutlicher: Es ist im Grunde eine Welt, die in den kleinen Episoden entsteht, die Welt eines empfindsamen Herzens in einer starken Frau. Ob Milla von dem kleinen Mädchen berichtet, dessen Kindheit neben bitteren Bonbons auch schöne Momente für sie bereithält, ob ihr Vorgänge im engen Umfeld wie auch in der großen Politik zu denken geben oder ob sie das Leben ihrer Eltern nachdenklich und liebevoll betrachtet – immer hört man neben ihrem wachen Verstand vor allem ihr Herz sprechen.

Als ich von ihr gebeten wurde, die Texte auf übrig gebliebene Reste des russischen Satzbaus und die (wenigen) verlorenen Kämpfe mit der deutschen Grammatik durchzusehen, habe ich das sehr vorsichtig getan. Ich wollte möglichst wenig Originalton Milla verändern. Denn jede ihrer Geschichten ist eine Botschaft. Ihre Art zu erzählen, ihr Umgang mit der spät erlernten fremden Sprache, die warmherzig-spröde Information des Lesers, gerade das bringt ihr und ihren Geschichten bei uns am Autorenstammtisch und in der Füllhornredaktion so viel Sympathie und Ermunterung ein.

Ich sehe sie immer vor mir, wenn ich eine Geschichte von ihr lese. Mit dem munteren Lächeln im Gesicht, mit dem prüfend fragenden Blick, ob ich ihre Botschaft auch mitbekomme und dem befreiend glücklichen Lachen, wenn sie merkt, dass ich verstanden habe, um was es ihr geht.

Ich wünsche allen Lesern dieses Bändchens meine Freude an Millas Geschichten!

Rudolf Köster

Unsere Erinnerungen

Die Jugend ernährt sich von Träumen,

das Alter von Erinnerungen.

(Jüdisches Sprichwort)

Geht es Ihnen auch so, wenn Sie ein altes Foto oder einen alten Gegenstand in den Händen halten oder ein altes Lied im Radio hören, dass die Erinnerungen an diese Zeit und die Menschen in ihr ganz bestimmte Emotionen hervorrufen? Wir werden melancholisch, nachdenklich, manchmal bis zu Tränen gerührt oder auch heiter und vergnügt. Dann möchten wir es unseren Kindern, unseren Partnern oder Freunden mitteilen. Warum brauchen wir das? Und warum ist das gerade im Alter so stark ausgeprägt? Weil der größte Teil unseres Lebens vorbei und die Zukunft begrenzt ist? Haben wir jetzt mehr Zeit, um in dem alten Krempel zu wühlen?

Früher, als Berufstätige, hatten wir viele Verpflichtungen: Arbeit, Familie, Haushalt. Jetzt sind die Kinder aus dem Haus, die Rente kommt pünktlich zum Ersten des Monats. „Das bisschen Haushalt" für zwei Personen ist schnell gemacht. Einmal in der Woche kommt die Putzfrau, ab und zu hilft uns ein Gärtner, und manchmal gehen wir auswärts essen. Was machen wir mit dem Rest des Tages? Erinnern.

Doch wer will die alten Kamellen hören?

Unsere erwachsenen Kinder werden vom Berufsleben beansprucht, das heute ganz anders aussieht als zu unserer Zeit. Qualifiziert, flexibel und leistungsfähig sollen sie sein, mehrere Fremdsprachen oder mindestens Englisch müssen sie können. Auch der Umgang mit dem Computer ist ein Muss.

Und wenn sie das alles beherrschen, dann haben sie es vielleicht geschafft. Doch dann lesen sie wahrscheinlich lieber Shades of Grey als unsere Schnulzen.

Und die Kindeskinder kommen in dieser neuen Welt auch schon ganz gut zurecht. Wenn mein 11-jähriger Enkelsohn bei mir zu Besuch ist, läuft er den ganzen Tag mit dem Brett (Tablet) vorm Kopf herum, aus dem ständig das Rattern eines Maschinengewehrs dringt. Das Geräusch klingt grässlich in meinen Ohren. Doch ich halte mich mit Kritik zurück. Jede Zeit hat ihre Musik und Idole.

Als ich elf war, war Elvis Presley der vergötterte Superstar unserer Generation. Seine Auftritte, seine extravagante Garderobe und besonders sein legendärer Hüftschwung wurden unter uns Jugendlichen zum Kult. Ich erinnere mich sehr gut an diese Zeit. In unserem Wohnzimmer grölte Musik von Elvis, und mein Bruder kniete mit seiner Gitarre auf dem Boden. Er imitierte den King. Meine 16-jährige Schwester machte mit, und ich zappelte daneben. Mama hielt sich die Ohren zu. Mit Kirchenmusik vom Blasorchester ihres Vaters aufgewachsen, war ihr dieser vulgäre, rebellische Musikstil fremd. Unser Vater schüttelte nur den Kopf und eilte nach draußen.

Doch der Aufstieg von Elvis war nicht aufzuhalten. Seine Ohrwürmer wie It`s Now Or Never, Blue Suede Shoes oder In The Ghetto bleiben mir unvergessen. Und mein Vater hat die Rechnungen für die Platten ohne Widerrede bezahlt. Deswegen erdulde auch ich heute das Rattern und die lauten neuesten Songs meines Enkels.

Wenn ich ihm von früher erzählen möchte, hört er mir eine Weile zu, dann unterbricht er mich mit dem Anspruch: „Danach spielen wir aber am PC mein Spiel. Okay Oma?" Ich verstehe, er hört mir aus Höflichkeit zu. Der kleine Charmeur!

Also für wen möchten wir diese Vergangenheit lebendig halten? Weil kein wirkliches Interesse bekundet wird, rennen wir in Workshops und Schreibwerkstätten, um mit Gleichgesinnten die Vergangenheit aufzuarbeiten. Vor kurzem hörte ich, dass Kinder einer verstorbenen alten Dame, die jahrelang ehrenamtlich Beiträge für ein Magazin geschrieben hatte, in der Redaktion nach diesen Beiträgen gefragt haben. Jetzt, da die Dame tot ist, möchten die Kinder wissen, womit sich ihre Mutter tagsüber beschäftigt hat, worüber sie sich Gedanken gemacht hat. Sie möchten mit diesen Geschichten gerne ihre Mutter wieder ein Stück lebendig werden lassen. Vielleicht hatten sie früher nicht genug Zeit oder Interesse, ihre Texte zu lesen? Vielleicht ging es den Kindern nicht anders als uns – damals, als wir unsere Verpflichtungen hatten?

Ich gebe zu, mir geht es ähnlich. Seit dem Tod meiner Mutter hat alles einen anderen Wert. Jede Notiz, jedes Foto, jeder

Gegenstand aus ihrer Wohnung ist jetzt ein Zipfelchen gewesenen Lebens eines geliebten Menschen. Soll ich es weggeben, in einen Container werfen, unter Bedürftige verteilen? Ich bin noch nicht so weit, vielleicht bald, vielleicht irgendwann.

Die Kraft unserer Erinnerungen ist gewaltig. An glückliche Erlebnisse denkt man schließlich immer wieder gerne zurück. Heute, beim Frühstück, höre ich das alte Lied Voyage, Voyage, das in den 80-er Jahren zum internationalen Nummer-Eins-Hit wurde. Und schon tauche ich in meine eigene Vergangenheit und die damit verbundenen schönen Erlebnisse. Ich bin wieder Anfang Dreißig mit langer blonder Mähne, trage ein weißes Sommerkleid, bin vergnügt und unbeschwert.

Es fühlt sich gut an.

Mit meinen Erinnerungen habe ich meinen Mann angesteckt. Er geht zu seiner Musikanlage, kramt unzähligen Platten heraus, und schon wird unser Wohnzimmer mit Musik von damals überflutet. Und wir können nicht anders, als zu tanzen – und das morgens um 11 Uhr! Discofox, Walzer, Cha-Cha-Cha. Unsere alten Knochen werden langsam wärmer und geschmeidiger. Es macht richtig Spaß! Und wir beschließen, es öfter zu tun. Der Tag ist heller und schöner geworden. Meine Rückenschmerzen sind weg. Den Haushalt erledige ich mit links. Und auch danach bin ich voller Elan, will etwas unternehmen.

Also brauche ich meine Erinnerungen. Und damit sie nicht verloren gehen und für meine Kinder erhalten bleiben, schreibe ich sie auf. Vielleicht liest ja einer meiner Ururenkel in 100 Jahren meine Geschichten und wird genauso stolz auf seine Vorfahren sein, wie ich es bin. Nichts ist so spannend und ergreifend wie die Geschichten, die das Leben schreibt.

Russische Wurzeln

Bittere Bonbons

Sonnenstrahlen suchen sich eine Lücke durch die zugezogenen Gardinen und kitzeln meine Nase. Ich öffne die Augen und lausche. Es ist still im Haus. Wo sind sie denn alle? Dann fällt es mir wieder ein: Mama und Papa sind schon eine Woche weg! In diesem Sommer wollten sie ja endlich auch mal alleine in Urlaub fahren!

Ich sehe es wieder ganz genau vor mir: Wir Geschwister waren erst mal sprachlos, als die Eltern uns das angekündigt hatten. Doch Papa meinte: „Kinder, seid nicht traurig. Wir hatten doch letzten Sommer einen tollen Urlaub. Aber mit euch drei Rabauken war es für eure Mama ganz schön anstrengend. Außerdem seid ihr keine kleinen Kinder mehr. Nelli ist schon 15, und sie wird als Älteste für euch sorgen." – „Und was ist mit mir, Papa? Ich bin doch erst 10!", empörte ich mich. Aber nichts half, weder Quengelei noch Füßetrampeln.

Während ich mir gähnend die Augen reibe, versuche ich, mich mit der Erinnerung an den letzten Urlaub zu trösten. Zehn Tage hatte es damals mit der Transsibirischen Eisenbahn bis hin zum Schwarzen Meer gedauert – und zehn lange Tage zurück. Heute braucht man auf dieser längsten Bahnstrecke der Welt (insgesamt liegen 9288 Kilometer zwischen Moskau und Wladiwostok) nur noch sechs Tage. Wahrscheinlich wegen der nun viel höheren

Geschwindigkeit. Das hat allerdings den Nachteil, dass man die Umgebung nicht so intensiv wahrnehmen kann wie damals, als Züge nur durchschnittlich sechzig Kilometer in der Stunde bewältigen konnten.

Seit 2002 ist die gesamte Strecke elektrifiziert. In den 60er Jahren wurden die Lokomotiven noch mit Steinkohle beheizt. So zog immer feiner schwarzer Staub ins Innere des Zuges. Wer zehn Tage unterwegs war, wurde sehr dreckig, nicht nur die Kinder, die überall herumkrochen. Duschen gab es keine im Zug. Die Schlangen vor den Toiletten waren immer sehr lang. Weil die Toiletten der russischen Eisenbahnen direkt auf die Schienen mündeten (wahrscheinlich ist das auch heute noch so), blieben sie geschlossen, solange der Zug durch eine Stadt fuhr.

Auf unserer Strecke gab es circa 400 Bahnhöfe. Meine Mutter hatte mich zwar ermahnt, rechtzeitig vor Bahnhöfen daran zu denken, ob ein Toilettengang notwendig sei. Aber wie das so ist – wenn ein Kind zur Toilette rennt, ist es meistens schon zu spät. So manches Mal stand ich mit zusammengekniffenen Beinen hinter einer schier unendlich langen Menschenschlange, bis ich es einmal nicht mehr einhalten konnte. Unter mir bildete sich eine Pfütze, die sich im Gang ihren Weg suchte. Ich schämte mich. Tränen verschleierten meinen Blick. Manche übersahen mein Missgeschick, andere überschütteten mich mit vorwurfsvollen Blicken.

Bei unserer Ankunft am Ferienort hatte meine Mutter drei große Säcke mit schmutziger Wäsche zu bewältigen. Für mich war die Reise ein richtiges Abenteuer. Unser Zug ratterte in gleichmäßigem Takt durch die weite Landschaft. Es ging am Baikalsee entlang, dem größten, tiefsten und ältesten Süßwassersee der Erde, und durch insgesamt neununddreißig Tunnel mit einer Länge von bis zu sieben Kilometern.

Am schönsten waren für mich die Aufenthalte in den Bahnhöfen.

Auf den Bahnsteigen verkauften Frauen aus den nahe gelegenen Dörfern Verführerisches: Pirogen mit Fleisch oder Quark, gefüllte Teigtaschen, Gemüse, Früchte und Getränke, auch heiße Kartoffeln und geräucherten Fisch. Ich lief oft zum Schaffner, um zu fragen, wann endlich der nächste Bahnhof erreicht würde.

Zwischen Hin- und Rückreise lagen traumhafte sechs Wochen Urlaub am Schwarzen Meer. Es war die Heimat meines Vaters, und er hat jeden Tag seine Freunde oder die Orte aufgesucht, die ihn an seine Kindheit und Jugend erinnerten. Ich begleitete ihn überall hin.

Einmal war ich mit ihm in einer großen Stadt unterwegs. Er wollte Zigaretten kaufen, und ich hoffte auf ein Eis. Es war nämlich besonders heiß an diesem Tag, ich brauchte eine Abkühlung. Weil ich Angst hatte, mich zu verlaufen, hielt ich mich an seiner Hand fest. Und dann passierte es dennoch: Ich wollte nur die Eisverpackung in einen Mülleimer werfen und ließ Papas Hand los. Als ich mich umdrehte, war er weg.

Ich lief auf dem Bürgersteig hin und her, doch er war nirgendwo zu sehen. Es hatte vielleicht nur ein paar Minuten gedauert, aber für mich war es eine Ewigkeit. Ich begann zu weinen.

Einige Passanten blieben stehen, beugten sich zu mir herunter und fragten mich etwas. Ich verstand sie nicht. Es war eine fremde Sprache. Auch das noch! Jetzt heulte ich richtig los. Plötzlich hörte ich eine Frauenstimme in unserer Sprache: „Was ist denn passiert, Mädchen?"

Ich war schon immer gesprächig. So erzählte ich der mittlerweile groß gewordenen Gruppe Schaulustiger um mich herum lang und breit, dass wir mit der Eisenbahn ganz weit aus dem Osten gekommen seien, um unsere Verwandten zu besuchen.

Vom Besuch mit meinem Papa hier in der großen, ungewohnten Stadt und dass der ganz plötzlich weg sei.

Dabei begann ich, laut und bitterlich zu weinen. Frauen umarmten mich und putzten meine Nase. Langsam fand ich Gefallen daran, so viel Aufmerksamkeit zu bekommen. So erzählte ich schluchzend weiter und weiter. Doch plötzlich riss mich eine Hand aus der Menge und schleppte mich fort.

„Papa!", schrie ich, „wo warst du? Ich habe dich überall gesucht!" Doch Papa antwortete nicht, griff nach mir, hielt meine vom Eis klebrige Hand fest und zog mich eilig von den Umstehenden weg. Hinter uns hörte ich einige Frauen rufen: „Nicht zu fassen, er hat das Kind vergessen! Diese Männer!" Papas Ohren liefen rot an. Aber er blieb still, ich

19

auch. Vorsichtshalber! Zwar hatte ich von Papa noch nie Prügel bezogen, aber ich war mir nicht sicher, ob in diesem Falle nicht ...

Langsam verblassen die Erinnerungen und ich vermisse meine Eltern. Ja, ich zähle schon die Tage, bis die Eltern endlich wiederkommen. Mama hat mir versprochen, ein schönes Kleid mitzubringen. Dabei hatte ich keine wirkliche Vorstellung davon, wie es aussehen sollte, ich konnte mich nicht entscheiden. Jeden Tag träumte ich von einem anderen. Erst sollte es rot sein, mit langen Ärmeln und weißen Spitzenkragen. Am nächsten Tag gefiel mir Karomuster besser, so eins, wie es meine Freundin hatte. Dann wieder etwas ganz Anderes ...

Ich springe aus dem Bett. Noch im Nachthemd laufe ich nach draußen in den Garten. Mein Bruder ist nicht zu sehen. Sein Fahrrad fehlt auch. Und was macht Nelli? O, nein!

Draußen liegt ein Haufen Wäsche, daneben steht Nelli an einer Zinkwanne mit Seifenlauge und Waschbrett. Na toll! Mama ist gerade eine Woche weg, und die große Schwester wäscht schon! Aber es hat keinen Sinn, mit ihr zu diskutieren, sie spielt eben allzu gern die brave Hausfrau.

„Wasch dich und zieh dich an!", befiehlt sie. „Gleich gibt's Frühstück!"

Mamas Pfannkuchen schmecken viel besser, aber ich verkneife mir die Kritik. Danach gibt es eine Überraschung! Meine Schwester war morgens früh einkaufen. Unter anderem hat sie eine Tüte Bonbons erstanden. Die hat sie schon gerecht aufgeteilt. Ich bekomme acht Stück. Acht leckere Kügelchen in buntem Glanzpapier. Sofort stecke ich mir eins in den Mund, der Rest wandert in meine Rocktasche.

Von der Straße sind fröhliche Kinderstimmen zu hören. Ich will losrennen. Doch meine Schwester hält mich zurück.

„Du sollst dein Zimmer aufräumen", befiehlt sie. „Was? Jetzt? Ich will nicht!" – „Doch, du musst!" – „Nein!" – „Doch!" – „Nein!"

Es dauert. Sie wird zornig. Plötzlich streckt sie mir ihre Hand entgegen und sagt: „Gib mir die Bonbons zurück!" – „Was?" Ich glaube es nicht. „Gib her!", fordert sie erneut. „Nein!" – „Gib her! Sofort!", ruft sie ganz aufgebracht.

Mir wird ganz mulmig. Ich befürchte Prügel. So böse war sie noch nie. Ich krame die Bonbons aus der Tasche und lege sie in ihre Hand. Sie steckt sie in ihre Rocktasche. „Und das, was du im Mund hast, auch."

Das kann nicht ihr Ernst sein! Doch ihre Hand bleibt bedrohlich vor meinem Gesicht, sie berührt fast mein Kinn.

Ich gehe einen Schritt zurück, sie rückt mir nach. Ich suche ihren Blick. *Was ist bloß los mit meiner Schwester?*

Ich versuche, ihr ein Lächeln zu entlocken. Es funktioniert nicht. Sie schaut mich nicht nur böse an, sie ist jetzt sehr böse. Ich spucke den Bonbon in ihre ausgestreckte Hand und heule los. Die Tränen laufen mir die Wangen hinunter. Ich habe kein Taschentuch und benutze meine Hände, Arme und meinen Rocksaum, ersticke in Tränen und kann nicht aufhören.

„Papa!", heule ich laut. „Wo bist du, Papa?" Ich fühle mich so verlassen, so allein. Wenn Papa nur hier wäre, er hätte seine kleinste und liebste Tochter beschützt.

Völlig unerwartet schiebt mir eine Hand ein Taschentuch unter die Nase. Ich öffne meine Augen. Die Hand gehört meiner Schwester. Ist Nelli nicht mehr böse? Sie weint sogar.

Sie drückt mich an sich und sagt: "Ach, du Dummerchen! Das war doch nur ein Scherz!" Dann drückt sie mich noch fester. Es dauert eine Weile, bis ich begreife, was sie da sagt. Sie streichelt meine Wangen, putzt meine Nase und schiebt mir den Bonbon wieder in den Mund. Die übrigen steckt sie in meine Rocktasche. Dann schiebt sie mich zum Gartentor. „Na geh schon, ich schaffe es auch allein."

Langsam gehe ich nach draußen. Meine Freunde jubeln laut: „Endlich! Wo bleibst du denn so lange?" Sie ziehen mich in ihren Kreis, und wir fangen ein neues Spiel an.

Doch es macht mir keinen Spaß. Auch die Bonbons schmecken mir nicht. Ich laufe weg von meinen Freunden und verstecke mich in meinem kleinen Lieblingswäldchen. Dort spucke ich den Bonbon aus.

Von hier aus kann ich sehen, wie mir die anderen Kinder hinterher schauen, mit den Schultern zucken und laut diskutieren.

Sie verstehen ganz offensichtlich nicht, wie man an einem solch sonnigen Ferientag traurig sein kann. Ich will es auch keinem erklären. Ich kann es nicht erklären. Ich verstehe selbst nicht, warum der Tag auf einmal so düster geworden und warum es mir so schwer ums Herz ist. Mir scheint, ich bin älter geworden. Meine Unbefangenheit ist verflogen. Ich habe eine neue Erkenntnis. Auch Bonbons können bitter schmecken ...

Mama hat übrigens Wort gehalten. Ich bekam ein Sommerkleid aus blauer Baumwolle, bedruckt mit gelben Schmetterlingen. Das Kleid hatte zwei Taschen und süße Puffärmelchen. Ich mochte es sehr. Aber vor allem machte es mich glücklich, dass Mama und Papa wieder zu Hause waren.

Den Streit mit meiner Schwester habe ich ihnen verschwiegen. Nelli auch.

Miroslawa

In Russland, wo ich geboren und aufgewachsen bin, ist der Winter sehr kalt und sehr lang. Erst bei minus 42 Grad hatte wir schulfrei. Aber auch bei geringeren Minusgraden ist es sehr, sehr kalt, wenn der Weg zur Schule eine halbe Stunde dauert. Wir wohnten einige Kilometer von der Schule entfernt. Glücklicherweise begann der Unterricht erst um 8 Uhr 30, und es war schon hell draußen.

Wenn es nachts geschneit hatte, dauerte der Weg noch länger, weil es sehr anstrengend war, durch den frischen Schnee zu stapfen. Manchmal fingen wir unterwegs eine Schneeballschlacht an oder bauten einen Schneemann. Unsere Kleidung wurde nass und schwer. Doch in der Schule brannte bereits der große Ofen, und wir legten unsere Jacken und Mützen in seine Nähe. Auch die Hausschuhe hatten wir dabei.

Der Tag, an den ich mich heute erinnere, hatte auch so ähnlich angefangen. Erst aß ich Mamas leckere Pfannkuchen mit Marmelade, dann schnell rein in die warme Kleidung, und los ging es zur Schule. Draußen war es sehr kalt, es wehte ein frischer Ostwind, und als ich in der Schule ankam, war ich richtig durchgefroren. Schnell die Jacke ausgezogen, rein in die Hausschuhe und dann zu meinem Platz. Das war aber sehr knapp, die Lehrerin stand schon an ihrem Pult und klopfte ungeduldig mit dem Zeigestock an die Tischkante.

„Ruhe!", rief sie etwas genervt. Sie war sehr jung, gerade mal 22 Jahre alt, und unsere Klasse 5a war ihre erste nach dem Studium in Wladiwostok, einer großen, schönen Stadt an der Atlantikküste. Es schien, sie war nicht gerne in unserem kleinen und weit im Osten an der chinesischen Grenze gelegenen Städtchen, um bei uns ihr Referendariat zu absolvieren. Sie vermisste Theater, Konzerte und Strandpromenade.

An diesem Tag wollte sie unsere Schultagebücher sehen und ging durch die Reihen, um sie zu prüfen. Es war Montag, am Wochenende sollten unsere Eltern das Buch unterschrieben haben. So ein Pech! Ich hatte mein Tagebuch zu Hause vergessen. Die Lehrerin wollte meine Ausreden nicht hören. Sie befahl mir, mich anzuziehen und nach Hause zu gehen, um mein Tagebuch zu holen. Ich hatte mich noch gar nicht richtig aufgewärmt und musste schon wieder in die Kälte. Missmutig zog ich die noch feuchte Jacke und meine Stiefel an und ging. Der Wind hatte sich inzwischen verstärkt, und ich fror erbärmlich.

Meine Mutter war erschrocken, mich zu dieser Zeit zu Hause zu sehen. „Bist du krank?", fragte sie und tastete nach meiner Stirn. Ich hatte tatsächlich Fieber und zitterte. Unter Tränen berichtete ich ihr mein Missgeschick. Ich hatte Angst, sie würde mir Vorwürfe machen, weil ich meine Sachen nicht ordentlich eingepackt hatte. Doch sie sagte nichts und befahl mir, mich auszuziehen und ins Bett zu gehen. Um diese Zeit!? Dann brachte sie mir Milch mit Honig ans Bett und ein Märchenbuch.

Ich kuschelte mich in die warme Decke und fand das Ganze plötzlich gar nicht tragisch. Eine halbe Stunde später kam sie nach mir schauen und betastete noch mal meine Stirn. „Ich gehe einkaufen, bleib schön brav im Bett!" Ach, es war so warm im Hause und erst recht unter meiner Daunendecke. Ich würde doch nicht noch mal freiwillig nach draußen gehen.

Am nächsten Morgen ging es mir wieder gut, und ich war pünktlich in der Schule. Das Tagebuch lag vor mir auf meinem Tisch, als die Lehrerin den Raum betrat. Aber es schien sie nicht zu interessieren. Als ich später aufzeigte, um die richtige Antwort zu geben, ignorierte sie mich.

Von da an wurde ich nur noch selten aufgefordert, an die Tafel zu kommen. Auch sonst hat sie mich kaum angeschaut. Ich verstand, sie mochte mich wohl nicht mehr. Das machte mich traurig. Ich habe sie sehr gemocht, sie war so hübsch, so elegant und so anders als alle anderen Lehrer in unserer Schule. Allein ihr Name klang schon märchenhaft: *Miroslawa.*

Ich wurde immer stiller und meldete mich auch nicht mehr. Das Jahr ging zu Ende, und glücklicherweise ging auch unsere Lehrerin in Baby Zeit. Zu uns kam eine ältere und freundliche Lehrerin. Viel, viel später habe ich dann erfahren, was damals passiert ist. Meine Mutter nahm, während ich das Bett hütete, mein Tagebuch und marschierte in die Schule. Sie beschwerte sich bei der Direktorin über das Verhalten der jungen, unerfahrenen Lehrerin. Die Direktorin war sehr aufgebracht und forderte

Miroslawa zu sich. Im Beisein meiner Mutter schimpfte sie laut: „Ihre Schülerin wohnt weit von der Schule entfernt. Sie hätte vor Kälte und Erschöpfung erfrieren können. Möchten sie die Verantwortung dafür übernehmen?" Meine Klassenlehrerin sei ganz rot geworden und ihr seien sogar die Tränen gekommen, erzählte meine Mutter. Miroslawa hat sich bei ihr entschuldigt, doch mich konnte sie seit diesem Vorfall nicht leiden.

Wenn die Haare ihren eigenen Kopf haben ...

Die Haare meiner Kindheit waren rotblond, weich und geschmeidig. Sie reichten mir bis zur Taille. Manchmal störte mich der Essiggeruch in meinem Haar, weil meine Mutter es mit Regenwasser und ein paar Tropfen Essig wusch. Sie war sehr stolz auf mein Haar und nahm sich morgens immer Zeit, es zu bürsten und in Zöpfe zu flechten.

Als ich fünfzehn wurde, hatte ich nur einen einzigen Wunsch: einen kurzen flotten Haarschnitt. Alle meine Freundinnen hatten Frisuren wie in einer Modezeitschrift. Nur ich lief mit zwei kindlichen Zöpfen herum. Ich hatte versucht, etwas Modernes aus meinem Haar zu zaubern, doch mehr als ein Pferdeschwanz gelang mir nicht. Einmal schickte mich die Lehrerin während des Unterrichts hinaus, damit ich meine hüftlange Mähne wieder in Ordnung bringe.

Ich war sauer. Meine Freundinnen kicherten, die Jungs schauten weg. Klar, dass sie kein Interesse an einem Kind fanden. Sie schrieben Liebesbriefe an Mädchen mit Frisuren, wie sie Schauspielerinnen trugen, keck und modern. Sie verabredeten sich, knutschten in abgelegenen Ecken und machten vielleicht auch andere interessante Sachen.

Nur ich bekam keinen einzigen Hinweis, dass wenigstens einer der Jungs ein klitzekleines Interesse an mir haben könnte. Im Gegenteil! Einer, von dem ich fast jede Nacht träumte, hat mir ständig sein Herz ausgeschüttet und seinen Liebeskummer gebeichtet. Mir blieb nichts Anderes übrig, als so zu tun, als ob ich sein bester Kumpel wäre.

Seine ausgewählte, angebetete Sonja war ein kleines Biest. Sie hatte dunkle Locken, die ihr bis zum Nacken reichten, ebenso dunkle Augen und samtglatte, leicht gebräunte Haut. Ihr katzenartiger Gang ließ ihre Hüften unter ihren engen, kurzen Röcken zum Anbeißen hübsch wirkten. Die Jungs waren hin und weg von ihrem Selbstbewusstsein und ihrer erotischen Ausstrahlung. Sie verdrehte ihnen den Kopf. Als sie ihr dann aus der Hand fraßen, lachte sie sie aus.

Auch für sie war ich die Vertraute. Sie erzählte mir haarklein alles über ihre miesen Spielchen und kam überhaupt nicht auf die Idee, was sie mir damit antat. Ich wäre vor Glück in die Luft gesprungen, wenn mein Prinz mit mir schmusen würde. Ich war in meinen Träumen sogar bereit, ihm zu erlauben, seine Hand unter meinen Pullover gleiten zu lassen. Aber vielleicht wäre er ja enttäuscht, weil er dort nichts Interessantes finden würde. Sonja, Natalie und andere Mädchen trugen schon Körbchengröße B. Doch bei mir sah es noch bescheiden aus. Damit konnte ich nicht mithalten. Aber die Haare, die könnte ich doch abschneiden!

Es war Sommer, wir hatten Ferien. Meine Eltern waren bei Freunden, die Stube war sturmfrei.

Jetzt oder nie! Durch den Zaun sehe ich, wie sich meine Nachbarin und Freundin Lili im Garten sonnt. Ich winke ihr, sie solle doch zu mir kommen. Dann verrate ich ihr, was ich vorhabe und dass sie mir dabei helfen soll. „Deine Mutter wird dir den Kopf abreißen und mir auch!", wendet sie ein.

Ich aber bin fest entschlossen. Nächtelang hatte ich von Dutzenden Jungs geträumt, die mir hinterherliefen. In solchen Träumen hatte ich einen schicken kurzen Haarschnitt, aufgeklebte Wimpern und knallrote Lippen. Sonja, Natalie und die anderen Mädchen waren grün vor Neid ...

Ich setze die Schere dicht an meinem Ohr an und schneide mir eine Strähne ab. „OK, OK!", ruft Lili, nimmt mir die Schere aus der Hand und versucht ihr Bestes. Zack. Fertig. Die gekürzten Haare springen in die Höhe, als seien auch sie erleichtert, ihre lange Last endlich zu verlieren.

Ich schaue in den Spiegel. Es gefällt mir, was ich da sehe! Lili droht mir: „Und wehe, du sagst, dass ich es war..."

Den ganzen Tag genieße ich meinen leichten, hübschen Kopf. Ich kämme die Haare in alle Richtungen, toupiere sie und singe vor Glück. Doch je mehr sich der Abend nähert, desto unruhiger werde ich.

Noch heute tut mir das Entsetzen in den Augen meiner Mutter leid. Papa sagte nur sarkastisch: "Jetzt passt dein Aussehen zu deinen inneren Werten."

Mama konnte mir sehr lange nicht verzeihen und bestrafte mich mit ihrem Schweigen. Ich habe ihr wohl sehr weh getan. Und dieses schlechte Gewissen hat mich sehr lange belastet. Als ich mit 58 Jahren durch die Chemotherapie meine Haare verlor, habe ich meiner Familie verboten, meiner Mutter etwas von meiner Krankheit zu erzählen. Die Perücke ersetzte meine Haare so gut, dass sie meinen kahlen Kopf nicht bemerkt hat.

Ob ich unbewusst meine böse Tat von damals wieder gut machen wollte?

Salzheringe

Mein Onkel Reinhard, der Bruder meiner Mutter, ist 92 Jahre alt geworden. Ich war bei seiner letzten Geburtstagsfeier dabei. Als ich in seine Nähe kam, um ihm zu gratulieren, schaute ich seinen Teller an. Da war ich sehr erstaunt. In diesem vornehmen Restaurant wurden ihm Salzheringe serviert. Da, wo es möglich war, Lachs oder sogar Kaviar zu genießen, hatte er Salzheringe bestellt!

Ich fragte meine Mutter, warum er sich eine so bescheidene Mahlzeit hatte bringen lassen. „Hering hat sein Leben gerettet", antwortete sie schlicht. Der Vorfall ließ mir keine Ruhe. Wie konnten diese kleinen Fische sein Leben retten? Ich wollte es unbedingt wissen.

Was ich erfahren habe, schrieb ich auf. Hier ist diese Geschichte.

In der Geburtsurkunde meiner Mutter steht die Ukraine als Geburtsort eingetragen. Doch sie ist 1917, als der Erste Weltkrieg zu Ende geht, irgendwo unterwegs in Russland geboren worden. Es war das erste Mal, dass die Deutschen aus der Ukraine, damals schon seit über 200 Jahren ihre Heimat, nach Sibirien deportiert worden sind. Damals dauerte die Verbannung nur ein paar Jahre. Danach durften sie wieder zurück in ihre Dörfer. Zurück in die Heimat ja, aber nicht in ihre Häuser. Ihr Hab und Gut war an Russen,

Ukrainer und Juden vergeben worden – verschenkt, verpachtet. Ohne jegliche Entschädigung.

Aber zurück zu ihrer Reise. Mama ist entweder ganz klein, oder es gibt sie noch gar nicht. Die Geschichte hat sie später aus unzähligen Erzählungen von unserem Großvater erfahren. Mamas Bruder Reinhard ist damals vier oder fünf Jahre alt. Es ist mitten im Winter. Da ist die Reise über mehrere Monate in einem Pferdewagen durch das wilde und kalte Sibirien für alle besonders beschwerlich. Es scheint, als wäre es Reinhards letzte Reise. Er bekommt Durchfall, hört auf zu essen und wird sehr krank. Ganz still liegt er in seiner Schlafecke und schaut in den Himmel.

Großpapa sucht einen Schreiner auf, um Bretter zu kaufen. Er will selbst einen Sarg bauen, wenn es so weit ist. Er ist sehr traurig. Doch er muss auch an die denken, die noch leben, bei Gesundheit sind und Hunger haben. Eines Tages gelingt es ihm, Salzheringe auf dem Schwarzmarkt zu ergattern. Als er die Heringe auspackt, verbreitet sich der Duft des Fisches im Wagen. Auch Reinhard steigt er in die Nase. Da bewegt er sich nach vielen Tagen das erste Mal. Er heftet seinen Blick auf den Hering, und auf einmal läuft ihm seitlich aus dem Mund ein Tropfen Speichel. Großpapa schaut die Großmutter an und schneidet ein Stück Fisch ab. Sie flüstert erschrocken: „Es kann gefährlich für ihn sein. Er hat doch tagelang nichts gegessen."

„Und wenn schon, er stirbt doch so oder so. Vielleicht ist das sein letzter Wunsch." Mit Tränen in den Augen legt er den Fisch in die kleinen Händchen. Großmutter weint und betet. Reinhard führt den Fisch zum Mund und lutscht daran. Als der Rest in seinen Mund verschwindet, schaut er wieder zu dem Fisch.

Die Eltern sind fassungslos, doch er bekommt ein weiteres Stück. Danach wird Reinhard ganz schwach. Er ist verschwitzt, wahrscheinlich hat er hohes Fieber. Er wird in eine warme Decke gewickelt und schläft ein. Mehrere Stunden schläft er durch.

Als er wach wird, hat er Hunger. Großmutter tastet seine Stirn. Er hat kein Fieber mehr. Er ist über den Berg. Hat der Hering sein Leben gerettet?

25 Jahre später, im Zweiten Weltkrieg, wiederholt sich diese Geschichte. An die Front muss Onkel Reinhardt als Deutscher nicht, aber er muss Zwangsarbeit leisten. Alle deutschen Männer zwischen Siebzehn und Fünfzig werden eingezogen und müssen in den Arbeitskolonnen der Öl- und Kohleindustrie arbeiten, in Munitionsfabriken oder in Baukolonnen. Die Verhältnisse, unter denen die Zwangsarbeiter schuften mussten, glichen einem Gefangenenlager mit strenger Bewachung, Schwerstarbeit und psychischem Druck von Seiten der Vorgesetzten. Die Arbeitsnorm war unerträglich hoch, und nicht alle konnten sie erfüllen. Nur wer die Norm leistete, bekam 600-800 Gramm Brot, die anderen nur die Hälfte. Über ein Drittel der internierten Deutschen starb an Unterernährung und Erfrierungen.

Keine Zwei Jahre später ist auch mein Onkel so abgemagert und ausgedörrt, dass er nicht mehr arbeiten kann. Er wird entlassen. Solche Wracks schickte man nach Hause, schon aus dem Grund, sie nicht beerdigen zu müssen. Aber Reinhard kann nicht nach Hause. Er kann nicht einmal gerade auf den Beinen stehen. Er liegt im Krankenhaus und hat tagelang Durchfall. Wie es bei solchen Erkrankungen üblich ist, wird ihm Quarantäne verordnet. Die Ärzte geben ihn auf, er selbst sich wohl auch.

Nur sein Freund und Schwager Arthur will sich damit nicht abfinden. Unter seinem Krankenzimmerfenster wartet er, bis Reinhard aufstehen kann, und fragt seinen Freund dann, was er jetzt am liebsten essen würde. Er verspricht, dass er es irgendwie beschaffen wird.

Als Reinhard sagt, dass er gerne Salzhering esse, macht Arthur sich auf den Weg. Er will jede Gaststätte, jedes Restaurant aufsuchen und nach Hering fragen, bis er welchen findet. Und er wird fündig. Mitten im Krieg, als Lebensmittel sehr knapp und nur auf Lebensmittelkarten zu haben sind. Fast auf den Knien bettelt er einen Restaurantbetreiber an, ihm Heringe zu verkaufen. Der lacht ihn aus, als er das wertlose Bündel Geld sieht. Aber Arthur bleibt hartnäckig.

Der Wirt wickelt zwei Heringe ein, drückt sie Arthur in die Hand und drängt ihn zum Ausgang. Arthur läuft so schnell wie möglich zum Krankenhaus und betet, dass er nicht zu spät kommt. Mit einem kleinen Stein ans Fenster weckt er Reinhard. Mühsam schleppt sich sein Freund zum Fenster, er spürt kaum noch Kraft in sich.

Arthur wickelt den Teil einer Schnur zu einem Knäuel und wirft es ins Fenster hinein. An das andere Ende bindet er den Beutel mit den Heringen. Keiner hat es gesehen, beide wären sonst bestraft worden.

Hektisch winkt Reinhard seinem Freund Arthur zu, er solle weggehen. Zurück im Bett, mit der Decke über dem Kopf, macht er sich über den Hering her. Es bleibt nichts übrig, keine Gräten, keine Haut, keine Innereien. Müde und satt schläft er ein. Und als er nach mehreren Stunden wach wird, hat er Hunger. Noch einmal hat der Hering sein Leben gerettet.

So lange mein Onkel lebt, zieht er den Salzhering allen anderen Delikatessen vor. Es bleibt sein Lieblingsessen. Es gibt eine wissenschaftliche Erklärung für Reinhards wundersame Gesundungen: Durchfall entzieht dem Körper viel Flüssigkeit, Mineralien und vor allem Salze. Es droht die Austrocknung. Salziger Hering sei dann genau richtig, sagen daher Wissenschaftler. Aber für unsere Familie bleibt es dennoch ein kleines Wunder.

Erinnerungen an meinen Vater

Russische Männer sind dem Alkohol nicht abgeneigt. Je weiter man nach Osten kommt, steigt mit den sinkenden Außentemperaturen der Alkoholgehalt der Getränke. Bei 40 Grad minus muss es mindestens 40-prozentiger Schnaps sein. So ist es Sitte in Russland, vielleicht ist das aber auch nur ein Vorurteil.

Wodka muss unbedingt 40% Alkohol enthalten. Genau in dieser Konzentration gewährleistet das Getränk seine Homogenität, brennt nicht auf der Zunge und gibt bei der Verdauung am meisten Wärme ab. So steht es im Reiseführer für Russland. Der erste patentierte Wodka in Russland war der Moskovskaya osobaya, der 1894 auf internationalen Wettbewerben qualitativ alle Whiskeys und Gins übertraf. Ob es gilt, Müdigkeit abzuschütteln oder sich in der Winterzeit zu erwärmen – es gibt wohl kein besseres Mittel dafür. Der Wodka soll auch Magengeschwüre auskurieren können und eine tägliche Dosis von 50 Gramm Wodka das Herzkreislaufsystem stärken. Traditionell kühlt man Wodka in Russland bis auf acht bis zehn Grad plus und isst Kaviar dazu, etwas Gesalzenes (eingelegte Gurken, Sauerkraut, Pilze) sowie scharfe oder fetthaltige Gerichte.

Auch mein Vater ließ sich von dieser Sitte in Sibirien anstecken. Wodka und Kaviar hat er nämlich erst später kennengelernt. Nach dem Krieg gab es nicht mal genug Brot, geschweige andere Leckereien. Da lernte mein Vater das Wodkatrinken. Er war Georgier, und Georgien liegt im Süden am Schwarzer Meer. Dort bevorzugen Menschen Wein als Gesellschaftsgetränk. Er hat einen Alkoholgehalt von 11 bis 13 Prozent, schmeckt angenehm, weich samtig und wird gern und viel genossen. Georgier behaupten, Georgien sei die Heimat des Weines. Tatsächlich habe ich in Tiflis in einem Museum Samen von 5000 Jahre alten Rebstöcken gesehen.

Ich bin in Sibirien geboren, dort, wohin das Schicksal meine Eltern verschlagen hat. Ihr Schicksal hieß Stalin und war sehr ungnädig mit meinen Eltern. Meine Mutter, eine Russlanddeutsche, wurde 1942 zur Arbeit in einer Munitionsfabrik zwangsverpflichtet. Als der Krieg 1945 zu Ende war, mussten die Deutschen mithelfen, das zerstörte Russland wiederaufzubauen.

Mein Vater wurde im Sommer 1945 aus deutscher Gefangenschaft entlassen und durfte nach Hause. Er freute sich auf seine Heimat, seine junge, hübsche Frau, seine kleine Tochter, die er noch nicht gesehen hatte. Doch die Freude währte nur bis zur polnisch-russischen Grenze. Alle aus der Gefangenschaft entlassenen Soldaten wurden zu Verrätern erklärt und nach Sibirien verbannt. Seinen Beruf als Assistenzarzt konnte er nicht ausüben, ihm wurde die Lizenz entzogen. Es blieb ihm nichts Anderes übrig, als Gold und später unter Tage braune Kohle zu fördern. Das war nicht gerade sein Traumberuf. Doch die Bergleute wurden gut bezahlt und mit besseren Lebensmitteln versorgt.

In Sibirien also lernte mein Vater das Schnapstrinken. Wo sollte in Sibirien auch Wein gedeihen? Bei den Temperaturen wächst kein Wein. Aber Kartoffeln. Aus Kartoffeln lässt sich Kartoffelschnaps brennen. Und weil für viele Menschen Schnaps zur Droge wurde, produzierte fast jeder Haushalt Schnaps selbst. Mein Vater hatte keine Ahnung von der Schnapsbrennerei. In Georgien hätte er aus Weintrauben besten Wein herstellen können. Doch in Sibirien war Wein verpönt, wer schwer arbeiten konnte und gut verdiente, gönnte sich Wodka. Und das gläserweise, weil das eben russische Sitte ist. Kleine Schnapsgläschen wurden im Kreise seiner Kumpel verlacht. „Stell dich nicht so an, hier ist nicht Georgien!"

Und weil mein Vater sehr gesellig war, hatten wir ein- bis zweimal im Monat seine Kumpane bei uns zu Besuch. Gleich nach Feierabend kreuzten sie bei uns mit einer Kiste Schnaps auf.

Wir Kinder hatten schnell herausgefunden, dass uns dieser Besuch nichts Interessantes bot. Nach drei oder vier Wassergläsern Wodka landete einer nach dem anderen unter dem Tisch. Manche wurden von ihren Frauen oder Kindern abgeholt, und damit war es dann zu Ende. Trotzdem, ein Fest ohne Schnaps konnte sich keiner vorstellen. Vielleicht meine Mutter, denn für sie blieb nur Kochen, Auftischen und Aufräumen übrig. Aber sie wurde nicht gefragt. Also, in Russland gehört Saufen einfach dazu. Als eine Reporterin Boris Jelzin nach einem skandalösen Auftritt im Ausland fragte, ob er ein Alkoholiker sei, war er nicht beleidigt, nur erstaunt. „Nein", sagte er, „ich bin kein Alkoholiker, ich bin ein Russe." Punkt, aus.

Dieses Image muss ein russischer Mann eben immer und überall verteidigen. Es wäre auch alles harmlos gewesen, wenn sich die Männer im betrunkenen Zustand nicht schlecht benommen hätten. Manche schlugen grundlos ihre Frauen und Kinder grün und blau. Die anderen suchten Streit auf der Straße. Am nächsten Tag kamen sie dann mit blauem Auge oder einer Zahnlücke zur Arbeit, aber trotzdem in guter Stimmung. Stolz prahlten sie, wie sie ihren Gegner verprügelt hätten.

Gewalt in der Familie wurde geduldet. Unsere Nachbarin Tanja wurde von ihrem Mann regelmäßig misshandelt und suchte dann oft nachts bei uns Trost. Meine Mutter kühlte ihre Beulen und riet ihr, sich zu wehren. Doch am nächsten Tag stolzierte Tanja mit ihrem Mann in fester Umarmung vorbei. Die blauen Flecken waren dick mit Make-up abgedeckt. Meine Mutter machte große Augen, doch Tanja flüsterte ihr ins Ohr: „Wir haben uns versöhnt. Und nach der Prügelei ist die Liebe so schön!" Sie küsste ihren Helden zärtlich und zog weiter. Meine Mutter wusste nicht, ob sie darüber lachen oder weinen sollte. Zur Polizei zu gehen, kam keiner misshandelten Frau in den Sinn.

Mein Vater blieb immer friedlich. Er wollte nur seinen Rausch ausschlafen, wenn er zu viel getrunken hatte. Und meine Mutter begleitete ihn zum Bett, ließ ihn in Ruhe. Doch ab und zu fanden solche Besäufnisse auch auswärts in einer Kneipe oder bei einem Freund statt, gleich nach Feierabend auf nüchternen Magen. Dann war er so betrunken, dass er es manchmal nicht bis nach Hause schaffte. Er blieb dann länger als gewöhnlich fort, und das beunruhigte meine Mutter. Nicht, dass er eine Freundin besuchen würde, er hatte keine. Er fand den langen Weg nach Hause einfach nicht und machte es sich dort gemütlich, wo er gerade war. Am Straßenrand, auf einer Bank oder im Gebüsch. Das kann im sibirischen Winter mit 40 Grad Frost sehr ungemütlich sein. Auch sein warm gefütterter Mantel konnte ihn kaum schützen, wenn er draußen ausschlafen wollte. Jeden Winter gab es Dutzende Erfrorene. Meist war Alkohol im Spiel. Doch mein Vater hatte eine treue Frau, die sein Schutzengel war. Manches Mal konnte sie einen Wagen organisieren, um meinen Vater nach Hause zu bringen oder ein Paar Freunde finden, die ihn trugen.

Doch einmal platzte ihr der Kragen, nachdem sie eine halbe Stunde versucht hatte, meinen Vater zu wecken und ihm auf die Beine zu helfen. Er ließ sich schütteln und drehen, brummte etwas Unverständliches vor sich hin und blieb wie ein Stein liegen. Meine Mutter, eine stille, tiefgläubige Frau, versetzte ihm rechts und links mehrere schallende Ohrfeigen. Das machte ihn wach. Er riss seine Augen auf, um zu sehen, wer sich solche Frechheit erlaubt. Als er sein eigenes Weib erkannte, wurde er wütend. In Sekundenschnelle kam er auf die Beine. Meine Mutter konnte seinem Zorn kaum entkommen. Er wollte sie auf der Stelle bestrafen. Aber das war genau das, was meine Mutter bezweckt hatte. Sie lief leichtfüßig nach Hause und mein Vater hinterher. Einige Meter vor der Haustüre verließen ihn seine Kräfte und er plumpste mit seinem schweren Körper in den Matsch, blieb liegen und fing gleich zu schnarchen an!

Meine kluge Mutter holte eine Decke, breitete sie vor ihm aus und rollte seinen schweren Körper darauf. Dann zog sie die Decke mit meinem Vater ins Haus und ließ ihn im Flur liegen. Hier konnte er wenigstens nicht erfrieren. Als er am nächsten Morgen wach wurde und seine steifen Glieder massierte, die ihm vom Liegen auf dem harten Boden weh taten, fragte er meine Mutter streng: "Was soll das? Warum schlafe ich auf dem Boden?" Meine Mutter antwortete seelenruhig: "Du bist doch der Herr im Haus. Kannst schlafen wo du willst." Mein Vater kratzte sich verlegen am Hinterkopf und versuchte, Mutters Spott zu deuten. Doch sie wandte sich ab. Es war wohl ihre kleine Rache für die Mühen am Vortag.

Mein Vater wollte oder konnte sich auch nach den vielen Jahren in Russland seine georgische Mentalität nicht abgewöhnen. Frauen wurden von georgischen Männern zwar verehrt, geliebt und verwöhnt, aber diese Gockel glaubten, immer neue Frauen erobern zu müssen. Mein Vater flirtete mit jeder Frau zwischen 18 und 80, besonders wenn er angetrunken war. Es kam zwar nicht zum Äußersten, aber es verletzte meine Mutter.

Auch der Schrecken, den er ihr einmal eingejagt hat, brennt immer noch in ihrem Herzen. Nach Aufhebung der Verbannung reiste Vater für drei Monate in seine Heimat Georgien. Zu seiner Exfrau und seiner inzwischen 15-jährigen Tochter, die er nie kennengelernt hatte.

Meine Mutter dachte an ihre eigene Tochter, die sie seit ihrem Abtransport zur Zwangsarbeit vor zehn Jahren nicht mehr gesehen hatte. Ohne Mutter aufgewachsen, war Linda inzwischen Fünfzehn geworden, ein Fräulein, kein Kind mehr. Sie hätte ihr Kind so gerne gesehen, in die Arme geschlossen. Aber wie sollte das gehen? Bis dahin, wo Linda lebte, waren es mehrere tausend Kilometer. Woher sollte sie das Geld nehmen? Wohin mit ihren drei Kleinen. Und wer hätte die Tiere, versorgt? Die Kuh, das Schwein, die Hühner und den Hund. Jede Nacht träumte sie von ihrer Tochter, eine Mutter eben. Doch sie traute sich nicht, es ihrem Mann zu sagen.

Aber im Gegensatz zu ihr hatte der keine Hemmungen, seinen Empfindungen freien Lauf zu lassen. Eine Woche vor der Abreise packte er seinen Koffer, und erst dann teilte er meiner Mutter seine Absicht mit. Nach über 15 Jahren wolle er endlich seine Tochter sehen, seine Verwandten, seine Heimat. Meine Mutter ahnte, dass er auch seine Ex treffen würde. Könnte die alte Liebe siegen und die Familie überschatten? Eifersucht keimte in ihr auf und ließ sie manche Nacht nicht schlafen.

Es ist August, die Kartoffeln müssen geerntet werden, das Heu für die Tiere muss vorbereitet, Holz gefällt, gesägt und unterm Dach gestapelt werden. Der lange sibirische Winter steht vor der Tür. Aber meine Mutter ist immer noch so schüchtern und verängstigt von den schlimmen Erlebnissen ihres Lebens, gewöhnt zu schweigen und sich zu fügen, dass sie kein Wort sagt. Sie bringt ihn zum Bahnhof. Er ist so aufgeregt, dass er sich nur flüchtig von uns Kindern verabschiedet, und weg ist er.

Sie steht noch eine Weile dort, die kleine Tochter auf dem Arm, und die beiden Großen klammern sich an ihren Rocksaum. Sascha, Papas Liebling, ist fünf Jahre alt. Er fragt ununterbrochen: „Wann kommt Papa wieder? Warum darf ich nicht mit?" Er weint. Die Tränen kullern ihm die roten Wangen hinunter, und Mama möchte am liebsten auch heulen. „Na klar, Papa kommt bald wieder. Und er bringt dir all das mit, was er dir versprochen hat. Freust du dich?", fragt sie mit ruhiger Stimme. Er schaut Mama an, putzt seine Nase mit dem Ärmel und lächelt.

Drei Monate blieb Papa weg. Es war mittlerweile November. Der Schnee lag meterhoch. Im Haus war es warm, und Essen hatten wir auch genug. Doch allein mit den Kindern in unserem Haus am Waldrand fürchtete sich meine Mutter doch ein wenig.

Wenn sie beim Einkaufen seine Kumpane traf, lachen die sie aus. „Du glaubst, er kommt zurück? Ha-ha-ha! Er liegt jetzt mit einer hübschen Blondine am Strand!", bekam sie zu hören. Da kamen meiner Mutter die Tränen. Doch dann packte sie die Wut. „Und? Neidisch?", fragte sie mit zitternder Stimme.

Dann kommt Vater zurück. Bis über beide Ohren mit Geschenken beladen: Früchte, Obst, Nüsse, Käse, Schinken und ein Fass Rotwein. So was haben wir noch nicht gesehen. Und alles ist so köstlich! Die Georgier sind wahre Künstler, dass sie so etwas Wunderbares aus Obst und Nüssen zaubern können. Es muss ein wunderschönes Land sein, denkt meine Mutter. Da muss sie irgendwann hin. Das warme Klima, das Schwarze Meer, die Sonne und solche wunderbaren Früchte. Es muss ein Paradies sein. Freunde meines Vaters, von denen viele Landsleute sind, kennen das alles. Sie waren auch viele Jahre nicht mehr zu Hause und vermissen es. Tagelang wird gefeiert, getrunken, gesungen und satt gegessen. So sind die Georgier, eine zum Feiern geborene Nation. Über ein Kleid für Frau oder Kinder müsse man keine Gedanken verschwenden, aber der Tisch müsse voll beladen sein, das sei wichtig, belehrte uns mein Vater immer wieder. Meine Mutter musste sich damit abfinden. Und das tat sie lebenslang an seiner Seite. Sie hatte ihm viel zu verdanken und wenig zu beklagen. Er verdiente gut, wir hatten ein Haus mit einem großen Garten. Aber manchmal hätte sie gern ihr eigenes Geld verdient. Doch sie bekam seine Erlaubnis nicht. Denn nach georgischer Sitte soll die Frau zu Hause bleiben. Der Mann verdient das Geld und versorgt die Familie. Mit der Zeit wurde meine Mutter mutiger, widersprach ihrem Mann auch mal, setzte mit kluger Beharrlichkeit ihren Willen durch oder rächte sich auf ihre Art und Weise. Mit Tiefen und Höhen schafften sie 47 gemeinsame Jahre, trotz georgischer Rollenverteilung und russischem Wodka.

Geweckte Sehnsüchte

Eigentlich haben wir nichts vermisst hinter dem Eisernen Vorhang, der Russland von der restlichen Welt getrennt hat. Unser Land war so groß und der imperialistische Westen weit weg. Dazwischen lagen Steppen, Seen und Ozeane. Wenn wir Urlaub machen wollten, boten das Schwarze und das Kaspische Meer sowie die Ostsee genug Erholung. Zahlreiche Kurorte heilten unsere Krankheiten. Und wenn wir die große Welt sehen wollten, fuhren wir nach St. Petersburg oder Moskau.

Bis in die 80-er Jahre gab es auch genug Lebensmittel. Nur wenn wir Importware haben wollten, mussten wir Kontakt zu Prominenten oder zu ausländischen Touristen haben. Die brachten französische Kleider, italienische Schuhe und passende Taschen ins Land. Irgendwann sickerte auch moderne Technik zu uns durch. Audio- und Videorekorder, Kameras, Haartrockner und natürlich jede Menge Filme.

Was wir da entdeckten, überwältigte uns. Es war eine ganz andere Welt mit schicken Autos und modischen Kleidern, atemberaubenden Gefühlen und hemmungslosem Sex. Ich kann mich an einen Sonntag erinnern, als eine Kollegin uns zu sich eingeladen hatte, einen Videofilm anzuschauen. Nur weibliche Kolleginnen – Männer wurden ausgeschlossen.

Wir wussten nicht, um welchen Film es sich handelte, um so spannender verlief die Vorstellung: Caligula (Aufstieg und

46

Fall eines Tyrannen) mit Malcolm Mc Dowel in der Hauptrolle! Als ich schon im Westen war, erfuhr ich, dass dieser Film einen großen Skandal im Filmgeschäft hervorgerufen hatte. Russische Filme waren alle brav und bieder, mal ein unschuldiges Küsschen, mal eine nackte Schulter, aber keine Bettszenen. Die Welt aus Sex und Brutalität, Verrat und Mord in dem Film schockierte uns so sehr, dass wir Pausen einlegen mussten. Wir waren so aufgeregt und verschwitzt, dass wir eine Abkühlung brauchten. Also liefen wir zum Meer. Auf dem Weg dahin zogen wir uns schon aus.

Nach und nach öffnete sich uns durch Schmuggler eine andere Welt. Wir gaben für Jeans, Plateauschuhe, Rekorder und Pornofilme unser Geld aus und kriegten nicht genug davon. Ganz besonders faszinierte mich in einem Film, wie sich eine blonde Dame mit einem Fön die Haare trocknete. Ich war Mitte 20, hatte lange blonde Haare, die ich jeden Tag wusch. Einen Haartrockner zu haben wäre sehr praktisch. Doch er war nirgendwo aufzutreiben. Mein Wunsch wurde zur Manie.

Ende April 1986 kam ich auf eine Einladung meiner Freundin Tanja nach Kiew. Wir verbrachten zusammen herrliche Tage. Im Mai blühen in Kiew die berühmten Kastanien, und die Stadt entfaltet ihre ganze Pracht. Auch der Schwarzmarkt, der seit den 50-er Jahren existierte, erreichte seinen Höhepunkt. Produkte aller Art konnte man dort kaufen. Überall, in Unterführungen, U-Bahnstationen, an Straßenecken standen und lauerten Menschen in langen Mänteln oder breiten Jacken. Sie hatten große Plastiktaschen dabei und flüsterten dir geheimnisvoll etwas ins Ohr. Als ich mit Tanja eine Unterführung durchschritt, versperrte mir eine kleine, pummelige Frau den Weg.

„Brauchen sie einen Vibrator?", flüsterte sie mir ins Ohr. Sie öffnete ihre breite Jacke und zeigte mir etwas in ihrer Innentasche. Weil ich immer noch vom Fön besessen war, sah ich, was ich sehen wollte.

„Was kostet das?", fragte ich genauso leise. Die Geschäfte waren illegal, das wusste ich auch. „Zwanzig", sagte die Frau. Ich wusste nicht, ob es teuer war. Aber ich war bereit, jeden Preis zu zahlen, um meinen Traum zu erfüllen. Doch bevor ich einen Zwanziger aus meinem Portmonee herausfischen konnte, riss mich meine Freundin grob zur Seite. Im selben Augenblick verschwand die Frau und mit ihr mein Traum.

„Bist du wahnsinnig?", schrie ich meine Freundin empört an. Sie schaute mich mit großen Augen an. „Was willst du denn damit?" – „Na was denn? Haare trocknen!"

Vor Lachen ging sie auf die Knie. Es dauerte eine Weile, bis sie wieder sprechen konnte. Ich war sauer. Doch wenig später kniete ich selbst fast auf allen Vieren – vor Lachen!

Es hat noch drei Jahre gedauert, bis ich einen echten Haartrockner geschenkt bekam. Bei unserem Besuch in Deutschland 1989 fragte mich meine Tante nach einem Wunsch. Ich offenbarte ihr meinen Traum. Sie kaufte mir den teuersten Fön der Marke Braun, silbergrau, mit vielen Funktionen, leicht und handlich.

Meine Tante ist vor drei Jahren gestorben. Der Haartrockner hat immer noch einen Ehrenplatz in unserem Badezimmer. Vor kurzem haben sich Altersschwächen eingestellt. Er geht nach ein paar Minuten aus. Doch ich werde ihn nicht verschrotten, er wird mit mir alt werden.

Reise ins Schlaraffenland

Die Perestroika veränderte unser Leben. Plötzlich fiel der Eiserne Vorhang, der Russland von der restlichen Welt getrennt hatte. Obwohl wir bis dahin glaubten, nichts zu vermissen, lockte uns diese neue Welt. Endlich konnten wir ins Ausland reisen.

Auf einmal gab es Bekannte, Verwandte oder Freunde aus Amerika, Deutschland oder Frankreich, deren Existenz vorher verschwiegen worden war und die wir jetzt endlich besuchen konnten. Das ganze Land brach auf und davon. Manche wollten nur für ein paar Tage die fremde Welt kennenlernen, den Eiffelturm besichtigen oder in London schicke Kleider kaufen. Andere beschlossen, Russland für immer zu verlassen. Ich kannte eine Griechin, die nach Athen aufbrach. Eine Armenierin behauptete, Cousine von Charles Aznavour zu sein, und flog nach Paris, um den Sänger in die Arme zu schließen. Auch alle meine Tanten, Onkel, Cousins und Cousinen waren seit einiger Zeit nach Deutschland ausgewandert.

Da bekamen auch wir eine Einladung unserer Verwandten, Weihnachten 1989 nach Deutschland zu kommen. Mama und ich packten unsere Koffer. Doch zuvor brauchten wir Reisepässe, Visa und Tickets für eine lange Bahnfahrt. Es begann ein Wettlauf mit der Zeit. Pässe waren nach fast einem Vierteljahr endlich ausgestellt. Flugtickets nach Moskau waren besorgt. Fehlten nur noch die Visa.

Euphorisch fliegen wir am Freitag, dem 15. Dezember, nach Moskau. Vom Flughafen eilen wir mit einem Taxi zur Deutschen Botschaft. Als der Taxifahrer die Adresse hört, will er unbedingt DM oder Dollar haben. Ich fürchte mich vor der Dunkelheit. Aber wir müssen unbedingt vor dem Feierabend und Wochenende das Visum bekommen. Also zahle ich ein kleines Vermögen in DM, und wir fahren los.

Vor dem Botschaftsgebäude ist es still, sehr still. Kaum eine Menschenseele weit und breit. Wir marschieren brav zum Eingang. Ein Polizist versperrt uns den Weg. „Wohin, die Damen?" – „Wir brauchen ein Visum." Ich zeige ihm unsere Einladung. Der Polizist, groß und kräftig, schaut mich von oben bis unten skeptisch an. „Ich sehe schon, die Damen sind neu hier." Dabei grinst er. Ich verstehe nicht, was es da zu grinsen gibt, sage aber nichts. „Lassen sie uns bitte rein?", frage ich so höflich wie möglich.

„Es ist schon Feierabend!" Der Polizist scheint müde, aber trotzdem belustigt zu sein. „Die Botschaft ist geschlossen. Drinnen hat nur ein Offizier Dienst."

Ich bin enttäuscht. „Und wann wird morgen geöffnet?" Der Polizist: „Morgen ist auch zu." Jetzt leuchtet es mir ein: Vor Montag passiert hier nichts. „Und ab 21. Dezember sind Ferien, dann ist die Botschaft zwei Wochen geschlossen", hängt er an.

Ich überlege. Drei Tage bleiben uns, um das Visum zu bekommen. Nun, immerhin, drei Tage. „Müssen wir halt ein bisschen länger in Moskau bleiben", sage ich beruhigend zu meiner Mutter.

„Hier stehen jeden Tag Tausende Menschen, die auch nach Deutschland reisen möchten. Es kann ein paar Monate dauern, bis ihr ein Visum bekommt", sagt der Polizist.

„Willst du mich auf den Arm nehmen?", versuche ich zu scherzen. Er schüttelt den Kopf. Er hat offenbar begriffen, dass wir zwei naive Hühnchen aus der Provinz sind. Aber ich gebe nicht auf. Inzwischen hat uns der Polizist seinen Namen verraten. Ich strahle ihn an. „Aber du, Stanislav, du kannst uns doch irgendwie helfen? Du bist doch immer hier, hörst und siehst alles. Ich glaube nicht, dass es keinen Ausweg gibt!"

„Nun ja, es gibt schon Möglichkeiten." Er tritt von einem Bein auf das andere. „Wir lassen ab und zu junge Mädels rein. Sie überreden manche Männer in der Botschaft, ihnen zu helfen."

„Dann lass mich doch auch rein!" – „Aber diese Mädels bieten doch ihre Dienste an. Die Angestellten sind meistens ohne Familien hier. Ein kleines Abenteuer wünscht sich jeder Mann, wenn er im fremden Land so lange allein ist."

Ich höre zu und ich bin so begeistert von der Möglichkeit, den Botschafter direkt ansprechen zu können. Den zweideutigen Zusammenhang begreife ich überhaupt nicht. „Kannst du mich rein lassen?"

„OK", sagt Stanislav, „sprichst du Deutsch?" Das ist natürlich ein Problem. Ich weiß aber die Lösung. Mama! Mama spricht doch deutsch! „Lass doch Mama rein!" Stanislav verdreht die Augen, lässt aber meine Mutter rein.

Mama erzählt dem diensthabenden Offizier, dass wir und unsere Verwandten in Deutschland nach sehr langer Zeit gemeinsam Weihnachten feiern möchten.

„Fahren sie allein?", fragt der Offizier. „Mit meiner Tochter," antwortet Mama. – „Wo ist sie?" – „Da draußen." – „Rufen Sie sie doch rein!" Ich stürze strahlend in das Zimmer. Hinter einer Theke sitzt ein Offizier Anfang Zwanzig, blond und blauäugig. Genau so hatte ich mir einen Deutschen vorgestellt. Der Offizier schüttelt den Kopf und lacht. Im Nachhinein kann ich ihn gut verstehen. Statt heiß ersehnter Mädels hat er zwei ältere Damen vor sich. Wirklich eine komische Situation.

Der Offizier fragt mich etwas. Ich verstehe nichts. Er schmunzelt freundlich, versteht mich aber auch nicht. Mama redet verzweifelt weiter über ihre Sehnsucht nach einem Wiedersehen mit ihren Geschwistern.

Der Offizier geht zum Wandkalender, schreibt etwas auf einen Zettel und überreicht ihn mir. Darauf stehen ein deutscher Name und ein Datum. Er erklärt uns, wir sollen an dem genannten Tag beim großen Tor stehen. Er würde uns dann dort abholen. Zum Schluss drückt er seinen Zeigefinger an die Lippen. Ich verstehe: Kein Wort zu niemandem.

Ich bin so aufgeregt, dass ich Stanislavs Frage, ob wir einen Termin gekriegt haben, verneine. Stanislav ist sichtlich enttäuscht. Er sagt mir, ich solle doch auf einem Termin bestehen, sonst wäre die ganze Aktion ja umsonst gewesen. Der Zettel brennt in meiner Hand und mich überkommt der Wunsch, Stanislav alles zu erzählen und ihm zu danken. Aber ich schweige, wie vereinbart. Wir verabschieden uns eilig und verfroren. Hungrig, aber zuversichtlich fahren wir zu unserer Bleibe. Wir freuen uns sehr auf ein heißes Getränk, nur leider zu früh. Denn die Vermieterin bringt uns nur eine Kanne mit heißem Wasser, die sie auf dem Tisch abstellt. Kein Zucker, kein Tee und kein Gebäck. Wir wissen nicht, dass in Moskau Lebensmittel zurzeit sehr knapp sind und Zucker eine Delikatesse ist.

An besagtem Tag sind wir früh auf. Wir sind gespannt, ob alles so verläuft, wie wir es uns wünschen. Auf dem Platz vor der Botschaft herrscht Gedränge. Tausende Menschen stehen herum, reden laut, schimpfen auf irgendwas oder irgendwen.

Wir versuchen, uns in Richtung des Tores zu bewegen. Vergeblich, denn da stehen kräftige Männer unter den Wartenden, die niemanden ohne Zugangsberechtigung vorbeilassen. Wir versuchen, einen anderen Eingang zu nehmen. Pech, denn der ist nur für deutsche Bürger. Aber dann sehe ich Stanislav. Ich rufe laut, und er hört mich tatsächlich. Wie ein großer Bär bewegt er sich in unsere Richtung.

Ich flehe ihn an, uns zum großen Tor zu begleiten. Allein würden wir das nicht schaffen. Stanislav macht ein trauriges Gesicht und sagt mir, dass er auch hilflos sei. Ohne einen Termin könnten wir das Gelände der Deutschen Botschaft nicht betreten. Ich habe keine andere Wahl und muss ihm verraten, dass ich doch einen Termin erhalten habe. Ich zeige ihm den Zettel. Stanislavs Gesicht hellt sich auf. Er schnappt uns beide an den Händen, und mit seinem stämmigen Körper schiebt er einfach die Männer zur Seite. Laut brüllt er sie an: „Nicht übertreiben, Burschen. Ihr solltet keinen aufhalten, der solche Zettel hat! Sonst werden wir hier mal richtig Ordnung schaffen!"

Minuten später sehen wir auch schon unseren deutschen Helfer. Er erkennt uns und gibt der Wache ein Zeichen, das Tor aufzusperren und uns herein zu lassen.

Wir folgen ihm über lange Flure, vorbei an -zig Wartezimmern. Endlich bleibt er vor einer Tür stehen und bedeutet uns, hinein zu gehen. Mit einer leichten Verbeugung verabschiedet er sich von uns und ist fort, bevor ich „Danke!" rufen kann.

Dann geht alles ziemlich schnell. Schon stehen wir mit den Visa wieder draußen in der Menschenmenge. Wir sind glücklich. Nichts steht unserem Ziel Deutschland mehr im Wege. Nur noch die Fahrkarten besorgen. Auch vor dem Fahrkartenschalter hat sich eine lange Menschenschlange gebildet. Klar, alle, die ein Visum erhalten haben, brauchen nun eine Fahrkarte. Wir sind müde und suchen eine Sitzgelegenheit auf einer der Bänke. Alle sind besetzt. Nur auf einer ist neben einem kauernden Häufchen Mensch noch Platz. Ich setze mich erleichtert neben ihn und will gerade meine Mutter heranwinken, als ich erkenne, warum hier noch Platz war. Im Nacken dieses Menschen wärmen sich unzählige Läuse. O, Schreck! Nichts wie weg! Nachdem wir noch mal einen halben Tag für die Eisenbahnfahrkarten angestanden haben, treten wir die lange Fahrt an. Am 21. Dezember treffen wir nachts um 3:00 Uhr in Hannover ein. Tante Hilma, Mamas jüngste Schwester, holt uns ab. Ihre warme Wohnung empfängt uns mit Köstlichkeiten, die wir bis dahin nicht kannten. Wir fühlen uns ins Schlaraffenland versetzt.

Zwischen

den

Welten

Koriander

In diesem Frühjahr wächst der Koriander wie wild in meinem Garten. Ich hatte ihn im Herbst gesät. Nach dem milden Winter trieben die jungen Blätter schon im Februar aus. Sie sind dreigeteilt, breit und am Rande gezackt, erinnern ein wenig an Blatt-Petersilie. Mitte Mai ist der Koriander fast 40 cm hoch. Seine saftigen Blätter verwende ich gern in meiner Küche.

Meine erste Begegnung mit diesem wunderbaren Heilkraut hatte ich in meiner Kindheit. Ich war neun Jahre jung und das erste Mal mit meinen Eltern im Süden, in Georgien, um Vaters Tante zu besuchen. Kaum angekommen, führt der Weg meiner Mutter schon in den Garten. Sie bückt sich, um ein Kraut zu zupfen, und meinte, es sehe wie Petersilie aus, rieche aber ganz anders. „Das ist Koriander!", strahlt mein Vater, „dieses wunderbare Gewürz, das ich so vermisst habe." Er reibt die zarten Blätter zwischen den Fingern und lässt meine Mutter daran schnuppern. Es riecht exotisch, intensiv, aber wohl nicht so angenehm, wie meine Mutter es erwartet hatte. „Das riecht ja ekelhaft!", sagt sie.

„Nach Wanzen hat es gerochen", erzählt sie zuhause ihren Freundinnen. Später erfährt sie, dass der Koriander dieses Geruches wegen auch Wanzenkraut genannt wird.

An dem sonnigen Tag im Garten meiner Tante bereut sie ihre schnell gefasste Meinung sofort. Aber mein Vater ist nicht enttäuscht. „Du wirst es auch lieben, bestimmt!", sagt er. Also nimmt meine Mutter trotz ihrer Skepsis ein paar Körner mit nach Hause.

Über 50 Jahre sind seitdem vergangen. Koriander begleitete uns auch nach Deutschland. Ich habe ihn bis zum heutigen Tag in meinem Garten, und meine Mutter pflegt ihn in einem Blumentopf auf ihrem Balkon.

Meine ersten Schuhe

Wenn ich vor dem Schaufenster eines Schuhgeschäftes stehen bleibe, lästert mein Mann: „Hast du noch ein bisschen Platz im Schrank?"

Doch ich kann nicht anders. Schuhe kann man nicht genug haben. Viele Frauen geben mir recht. Oder besser gesagt, Frauen meines Alters. In unserer Jugendzeit hatten wir nicht diese Auswahl an Schuhen wie heute.

Meine ersten richtig neuen Schuhe bekam ich mit Sieben. Es ist nicht so, dass ich bis dahin barfuß gelaufen bin. Keineswegs. Doch vorher trug ich bloß ausgelatschtes, ausrangiertes Schuhwerk meiner älteren Geschwister auf. Ja, auch von meinem Bruder kriegte ich ab und zu was ab. Wie hasste ich diese Schuhe meines Bruders. Wenn er ein Mädchen gewesen wäre, hätte er seine Schuhe nicht so ramponiert.

Aber zu meiner Einschulung sollte ich dann doch neue Schuhe bekommen. Monatelang vorher beschwor ich meine Mutter, daran zu denken. Jawohl, ich wollte endlich richtige Schuhe haben!

Doch woher sollte die arme Frau sie zaubern? In den 50-er Jahren gab es vieles, was es nicht gab. Wenn einmal angekündigt wurde, dass die Geschäfte am nächsten Tag mit neuer Ware beliefert würden, haben die Frauen die ganze

Nacht vorher draußen vor der Ladentür verbracht. Wenn es dann Schuhe gab, spielte die Größe und Farbe keine Rolle mehr. Hauptsache, sie waren nicht zu klein.

Pünktlich zur Einschulung bekam ich meine heiß ersehnten Schuhe. Schwarze Halbschuhe zum Schnüren, aus grobem Leder, innen warm gefüttert. Ich sehe sie heute noch vor mir.

Was waren die hässlich! Doch damals, damals waren sie für mich Prinzessinnenschuhe. Ich konnte vor Aufregung nicht schlafen. Mein Schatz stand unterm Bett, ich genoss den Duft des Leders. Irgendwann stand ich auf, steckte meine Füße in die Schuhe und legte mich wieder ins Bett. Endlich konnte ich einschlafen.

Beim Einschulungsfest wurde ich müde und müder. Mir fehlte der Schlaf. An das Fest selbst kann ich mich kaum erinnern, ich schlief an meinem Pult ein und verpasste bestimmt viel Interessantes.

Als ich erwachte, weil meine Lehrerin mich an der Schulter rüttelte, schaute ich sofort nach unten. Es war kein Traum. Meine Füße steckten in den wunderbarsten Schuhen, die ich bis dahin je besessen hatte.

Wer glaubt, wird selig

„Wie habt ihr in Russland Weihnachten gefeiert?" „Wurde ein Tannenbaum geschmückt?" „Was habt ihr Heiligabend gegessen?" „Was schenktet ihr Euch, und wo habt ihr das gekauft, Russland war doch so arm und hinter dem Eisernen Vorhang von der übrigen Welt ausgesperrt?"

Solche Fragen bekomme ich immer wieder gestellt, wenn mein Herkunftsland in der Vorweihnachtszeit ins Gespräch kommt. Genauso gut könnte man mich fragen, wie der Mann auf dem Mond wohl Weihnachten feiert. Auch das kann ich nicht beantworten.

Ich muss jedes Mal erklären, dass in Russland religiöse Feiertage nicht gefeiert wurden. Fast 70 Jahre war dort Weihnachten und Ostern verpönt und gestrichen. Anfang der 20-er bis Mitte der 30-er Jahre wurden ca. 25.000 Kirchen und christliche Häuser geschlossen oder zerstört. Viele Priester sind enteignet, in Straflager deportiert, gefoltert oder gar ermordet worden. Religionsunterricht in der Schule war verboten. Ich habe also keine religiöse Erziehung genossen. Fragen Sie mich auch nicht nach dem Christentum, ich kenne mich damit nicht aus.

Mit der Perestroika, nachdem der Kommunismus gescheitert war, suchten die Menschen nach anderen Idealen, einem anderen Halt. Viele Kommunisten verbrannten ihre Parteibücher und gingen in die Kirche. Sie ließen sich taufen, denn sie befürchteten, für ihre Sünden und ihren falschen Glauben nach dem Tod bestraft zu werden. Vor dem Jüngsten Gericht scheitern und in der Hölle schmoren, das wollten sie nicht. Im Zusammenbruch des Gewohnten wollten sie nicht schutzlos untergehen und hofften verzweifelt und naiv auf ein Leben nach dem Tod. So wuchsen in den Neunzigern Kirchen in Russland wie Pilze aus dem Boden, eine schöner als die andere. Es wurden wieder religiöse Feiertage eingeführt, Geistliche kamen aus ihren langjährigen Verstecken und übernahmen die Gotteshäuser. Heute empfangen sie in den pompösen Kirchen ranghohe Politiker zu ihren Gottesdiensten. Ich ließ mich mit Mitte Zwanzig taufen. Ohne innerlichen Bezug, ohne zu verstehen, warum das so wichtig sein sollte. Ich tat es meiner Mutter zuliebe, die im christlichen Glauben erzogen worden und ihrem Gott lebenslang, auch in den Jahren der Glaubensverfolgung, treu geblieben war. Es waren sehr schwierige Zeiten für ihre Generation. Gott war für sie die Geborgenheit, ein Ersatz für Mutterliebe, Verständnis, Vergebung, Geduld und Güte. Der Tag der Taufe war ein großes Ereignis für meine Mutter. Drei ihrer Kinder und eine Enkelin wurden an einem Tag getauft. Die Enkelin war erst ein Jahr alt, hatte noch keine Sünden begangen, und auch wir Älteren wussten nicht, warum wir schuldig sein sollten und was wir zu bereuen hätten. Aber die Mutter strahlte vor Glück und Stolz und erklärte, dass mit der Taufe Gottes heiliger Geist uns fortan führen und leiten werde. Nur diejenigen, die glauben und getauft sind, würden gerettet. Als mein Bruder drei Jahre später bei einem Unfall ums Leben kam, wurde er im Glauben meiner Mutter als Christ rein und unschuldig im Himmel empfangen. Das hat ihr geholfen, den Verlust zu ertragen. Inzwischen schmücke ich einen Weihnachtsbaum, singe am Heiligen Abend Stille Nacht mit meiner Mutter und verstecke Ostereier für die Enkelkinder. Doch richtig nah bei Gott fühle ich mich nicht. Auch der Gedanke an ein „Leben danach" überzeugt mich nicht. Das Leben auf unserer schönen Erde, jetzt und heute, mit all unseren Freuden und Erfolgen, mit Fehlschlägen, Verlusten und Krankheiten – all das ist für mich Hölle und Paradies.

Zwischen Glauben und Grauen

Das jährliche Erinnerungsfest an die Soester-Fehde fiel dieses Jahr auf ein sonniges, warmes Wochenende. So lockte das mittelalterliche Treiben mit imposanten Reiterspielen, Lagerleben, Gauklern und Musikanten auch uns ins Stadtzentrum. Auf den Straßen und Plätzen wurden Spielszenen und kleine Theaterstücke aufgeführt.

Als wir uns dem Marktplatz näherten, hörte ich laute Stimmen: „Sie soll brennen, verbrennt sie! Sie ist besessen!" Erschrocken schaute ich in die Richtung. Eine Bühne vor der Kulisse des Rathauses wurde von Schaulustigen und Passanten umringt. Dort wurde eine Szene aus dem Mittelalter aufgeführt. Bilder aus einem vor kurzem gesehenen Film schossen mir durch den Kopf. Hexenverbrennung! Angewidert wandte ich mich ab. Durch die damals üblichen grausamen Folterungen haben Kirchenleute grundlos beschuldigten Frauen Geständnisse abgepresst, um sie dann auf einem Scheiterhaufen zu verbrennen. Nach diesem grauenhaften Film konnte ich lange Zeit nur schwer einschlafen. Die Szene vor dem Rathaus weckte Erinnerungen in mir. Erinnerungen an unsere Familiengeschichte. Denn bereits vor 100 Jahren wurde mein Großvater mit dem Thema „Besessenheit" konfrontiert.

Mein Großvater wurde 1873 in der Ukraine geboren und gehörte der evangelisch-lutherischen Konfession an. Die erste Deutsche Evangelisch-Lutherische Gemeinde in Kiew wurde 1767 gegründet. Eine Gruppe Deutscher Lutheraner begann Gottesdienste abzuhalten, die zunächst in Privatwohnungen stattfanden. 1897 gehörten 76 Prozent der Deutschen im Zarenreich der evangelisch-lutherischen Konfession an. Es gab ein eigenes Schulwesen, eigene Waisenhäuser und Altersheime sowie evangelische Krankenhäuser. Ende des 18. Jahrhunderts und Anfang des 19. Jahrhunderts hatte sich die Kiewer Gemeinde so vergrößert, das zwei Holzkirchen errichtet wurden, 1857 dann die St.Katharinen-Kirche, die heute noch genutzt wird.

Mein Großvater war Kapellmeister, Heilpraktiker und Seelsorger in der Dorfgemeinde. Jeder, der Rat oder Hilfe brauchte, der Kummer oder Sorgen hatte, kam zu ihm.

Im Dorf gab es eine Witwe mit zwei halbwüchsigen Söhnen. Sie hat nicht verkraften können, dass ihr Mann im Krieg gefallen war. Der Verlust des geliebten Mannes und Ernährers, die Armut und Sorge um ihre Kinder und um den Hof verwirrten ihren Geist. Doch sie war noch jung und kräftig genug, um ihren Unterhalt allein zu bestreiten. Bei der Ernte half die Gemeinde mit. Auch sonst bekam sie viel notwendige Hilfe. Als die Söhne größer wurden, merkten sie, dass die Mutter ab und zu seltsam war. Meist geschah das abends. An einem solchem Abend suchten die Jungs meinen Großvater auf und baten um Hilfe. „Unsere Mutter ist wieder ein bisschen komisch!", klagten sie. Der Großvater ging in den Garten, suchte in einem Strauch eine Gerte, schnitt sie ab und begleitete die Kinder nach Hause.

Die Frau lief splitternackt in ihrem Hause umher und sang fröhlich. Der Großvater wedelte mit der Gerte und befahl der Frau, sich anzukleiden. Er musste sich das Schmunzeln verkneifen und machte ein strenges Gesicht. Die Frau verstummte und blieb stehen. Nach einer Weile zog sie sich in die Schlafecke zurück, wo ihre Kleider lagen. Dabei schielte sie in Großvaters Richtung und lächelte unschuldig. Alle Dorfbewohner wussten darüber Bescheid, doch keiner lästerte über sie oder wollte sie verstoßen. Und sie selbst wusste wahrscheinlich am nächsten Tag nicht, was abends geschehen war.

An einem Abend vor Weihnachten passierte dann Unglaubliches. Weil ihre Kinder noch klein waren, konnten meine Großeltern nicht zusammen zum Gottesdienst gehen. Und so ging meine Großmutter in die Kirche, und Großvater hütete die Kinder. Die Vorweihnachtszeit war schon immer besonders schön. Die Gemeinde kam ins Gotteshaus, um dem Allmächtigen nahe zu sein. Seit vier Wochen hatte die Gemeinde einen neuen Pastor. Bis dahin hatte ein Küster für den Gottesdienst und die kirchliche Ordnung gesorgt.

Der neue Pastor war aus der Stadt gekommen und lebte nun in der Dienstwohnung der Kirchengemeinde. An diesem Abend wurde erst gesungen und gebetet, dann sprach der Pastor. Seine Rede war ungewöhnlich streng: „Wir sind heute Abend in diesem Hause versammelt, um unserem

Schöpfer nahe zu sein. Jeder soll sich die Frage stellen, ob er bereit ist, sein Leben in Gottes Hand zu legen. Leider sind hier nicht alle dazu bereit."

Mit diesen Worten ging der Prediger schnellen Schrittes durch die Kirche und blieb bei der armen verwirrten Witwe stehen. Er richtete einen Angst einflößenden Blick auf die Frau, und plötzlich schlug er ihr mit der Bibel auf den Kopf. „Du bist vom Satan besessen!", schrie er hysterisch. „Du bist vom Teufel entstellt und befindest dich auf sündigem Weg! Raus hier! Für dich ist kein Platz in dieser Kirche!"

Auf einmal ist es sehr still in der Kirche. Keiner räuspert sich. Sie hatten sich auf eine festliche Andacht und Gottes Worte gefreut, nachdem die Arbeit getan war. Manche hatten einen weiten Weg bis zur Kirche bewältigt. Das Landleben ist hart und voller Sorgen. Deshalb möchten sie vom Prediger tröstende, aufmunternde Worte hören. Verstohlen schauen sie in die Richtung des Pastors. Die verschreckte Frau schlägt die Hände vor den Kopf und schluchzt. Das macht den selbst ernannten Gottesvertreter noch wütender. Er schlägt und schreit, schlägt und schreit.

Großmama kam ganz aufgebracht nach Hause und berichtete von dem Geschehenen. Und während sie erzählte, ging Großvater in der Küche hin und her und forderte weitere Details. Gleich am nächsten Tag berief er eine Gemeindeversammlung ein. Er selbst war im Vorstand und eine Respektsperson. Der Pastor wunderte sich über die Einladung, denn er hatte seinen freien Tag. Sicher hat

Großvater versucht, sich zurück zu halten, doch er soll sehr laut geworden sein.

„Ich bin zornig und traurig über das, was gestern hier passiert ist", so etwa soll er den Pastor angesprochen haben. „Es ist eine Schande für unsere Gemeinde! Unsere Kirche ist unser ganzer Stolz. Vor zehn Jahren haben wir angefangen, Geld für die Kirche zu sammeln. Wir wollten unbedingt unser eigenes Gotteshaus haben. Jeder Mann und jede Frau gab, was er konnte. Auch die Frau, die du geschlagen und aus der Kirche hinausgejagt hast, hat etwas von ihrem Mund abgespart und gespendet. Weißt du, dass sie eine Witwe ist und zwei Kinder allein durchbringen muss? Sie ist doch nicht besessen, sie ist nur etwas gestört, weil sie in ihrem Leben so viele Nackenschläge hat einstecken müssen. Sie ist ein schwaches, wehrloses Wesen! Und als solches steht sie unter Gottes Schutz. In unserem Gotteshaus soll jeder Mensch Trost und Hilfe erhalten. Und du, der du in der Wohnung lebst, die mit ihrem Geld errichtet wurde, jagst sie hinaus?"

Noch am gleichen Tag brachte ein Pferdewagen den Prediger und seine Haushälterin mit ihren Siebensachen fort. Die ganze Gemeinde freute sich, und die Kinder liefen hinter dem Wagen her, pfiffen und warfen ihm Steine nach.

Ostern vor 90 Jahren

Ich sitze ihr gegenüber und schaue zu, wie sie die Ostereier bemalt. Alt ist sie geworden. Nur ein Schatten ist von ihr geblieben. Die ehemals welligen, kastanienbraunen Haare sind dünn geworden. Das Gesicht ist mit Falten übersät, die wie Furchen aussehen, eingegraben in 98 Jahren.

Ich brauche sie nicht zu fragen, worüber sie nachdenkt, ich weiß es. Sie ist meine Mutter. Sie dankt Gott, dass er ihr einen klaren Kopf erhalten hat, so dass sie sich noch an alles erinnern kann, auch an schlimme Zeiten. Krieg, Hunger, Vertreibung, Abschied. So oft gebangt, so oft getrauert.

Wäre es nicht besser, alles zu vergessen, fast hundertjährige Lebenslast von den Schultern abzuschütteln und aus den Erinnerungen zu vertreiben? Aber ihr Gedächtnis ist hartnäckig. Immer wieder beschert es ihr Episoden aus ihrem Leben, wie sie es jetzt zu Ostern tut. So erzählt sie mir heute diese Geschichte: *Ich war neun Jahre alt. Unsere Mama war vor zwei Jahren gestorben. Papa war 51 und nun Witwer mit fünf Kindern. Doch selbst junge Frauen sahen in ihm eine gute Partie. So kam Maria in unser Haus und nahm Mamas Platz ein. Unsere Erwartungen aber erfüllte sie nicht. Damals hatten wir noch keine Märchen über böse Stiftmütter gelesen. Unsere ist eine solche geworden. Das erste Osterfest mit unserer neuen Mutter war eine große Enttäuschung. Dass sie nicht mal Brot backen konnte, hatten wir schnell erfahren. Hübsch dekorierte Tische, bunte Eier und Gebäck* gab es nur noch in unserer Erinnerung an Mama. Wir hatten eigene Hühner im Stall und sie legten reichlich Eier. In der Zeit vor Ostern wurden die Eier allerdings für das Fest aufgehoben. Einen Tag aus dieser Zeit werde ich wohl nie vergessen. Ich lungerte hungrig draußen herum und überlegte mir, wo ich etwas Essbares finden könnte. Stiefmutter hatte wieder mal nichts gekocht, so wie es in letzter Zeit die Regel war. Dann sah ich, dass sie aus dem Haus gegangen war, lief schnell in den Hühnerstall und suchte ein Ei, obwohl ich Angst hatte, dass die neue Mutter mich erwischen könnte. Aber der Hunger war stärker. Schnell machte ich ein kleines Feuer und kochte das Ei in einer alten Blechdose. Ich verbrühte mich fast, als ich prüfen wollte, ob das Ei fertiggekocht war, indem ich es kreiseln ließ. Ich war so vertieft in meine Tätigkeit, dass ich nicht merkte, wie Maria sich leise von hinten heranschlich. Völlig überraschend erhielt ich eine Ohrfeige. Dann riss sie mir das Ei aus der Hand. Was schmerzte mehr, mein leerer Magen oder die Ohrfeige? Es war wohl die Kränkung, die ich lange nicht vergessen konnte.

35 Jahre später besuchte ich mit meiner Familie meine Geschwister. Nach dem Tod unseres Vaters hatten wir den Kontakt zu unserer Stiefmutter fast ganz abgebrochen. Aber mein Mann bestand darauf, dass wir der alten Dame einen Höflichkeitsbesuch abstatten sollten. Sie freute sich sehr und deckte den Tisch im Wohnzimmer reichlich. In der Mitte stand eine große Schüssel mit gekochten Eiern. Sie rückte die Schüssel immer näher zu mir und bat mich wiederholt, davon zu essen. Als ich ihr zuliebe schon zwei gegessen hatte und beteuerte, dass ich keins mehr herunterbekäme, sagte sie: „Du mochtest doch früher so gern Eier", und brach in Tränen aus. Sie hatte es auch nicht vergessen!

Ich umarmte sie und versicherte ihr, dass ich ihr schon lange verziehen hätte. Aber vergessen kann ich es nicht.

Nur wer schon denen vergeben hat, die gegen ihn gesündigt haben, dem vergibt Gott auch seine Sünden.

Verwunschener Ort

Ich soll zu einer Routineuntersuchung. Die Sprechstundenhilfe erklärt mir: „Bringen Sie Zeit mit! Wir haben viel zu tun." Das Wartezimmer ist tatsächlich voll. Ich suche nach einer Lektüre, doch alles ist vergriffen. Nur in einer Ecke liegt ein Stapel Magazine. Auf ihnen prangt groß das Logo mit der Anti-Atom-Sonne und der Überschrift *Atomkraft? Nein Danke.*

Die graugelbe Farbe lädt zwar nicht zum Blättern ein. Doch mir ist langweilig. Ich schlage die Zeitschrift auf. Die Überschrift Geschenke für die Atomindustrie sticht mir ins Auge. Wie bitte? Ich schaue mir die Titelseite noch mal genauer an. Oben ein einzelnes Wort: ausgestrahlt. Darunter schwarz und in großen Lettern: *Fuku5hima Jahre, Tscher30byl Jahre.*

Ich lese weiter. *Liebe Leserin, lieber Leser, zu Jubiläen gibt es häufig Geschenke.* Ich bin total irritiert. Seit wann gibt es ein Atomunfall-Jubiläum? Was gibt es zu jubeln, wenn fünf Jahre nach der Atomkatastrophe in Fukushima immer noch Japaner an den Folgen der jahrelangen Strahlung sterben? Und wie viele Opfer der Atomunfall von Tschernobyl, der größten Katastrophe der zivilen Atomgeschichte, wirklich forderte, darüber kann auch heute noch niemand Auskunft geben.

Aber plötzlich geht mir etwas durch den Kopf. *Doch, ich habe einen Grund zum Jubeln!* Denn ich bin vor 30 Jahren diesem Szenario nur knapp entgangen.

Wieder zu Hause öffne ich mein Fotoalbum. Ein altes Foto kommt zum Vorschein. Ich bin dort mit zwei meiner Freundinnen abgelichtet. Eine davon ist Tanja. Ich drehe das Foto um. 1985. Ich hatte Tanja damals gerade kennengelernt. Ein Jahr später, im April 1986, besuchte ich sie in ihrer Heimat, in Kiew. Wir haben eine wunderschöne Woche zusammen verbracht. Im Mai blühen in Kiew die berühmten Kastanien, und die Stadt entfaltet ihre ganze Pracht.

Tanja hatte eine Woche vorher Geburtstag gefeiert. Ein mit ihr befreundeter expressionistischer Maler hatte ihr ein Ölbild geschenkt.

Stolz zeigt sie es mir. Das Bild ist nicht groß, knapp einen halben Meter im Quadrat. In einer idyllischen Landschaft aus Hügeln und Wäldchen liegt eine nackte Frau entspannt im Sonnenlicht neben einem kleinen Bach auf saftig grüner Wiese. Sie ruht auf einem weißen Tuch, halb auf die Seite gedreht, ein Bein auf dem anderen, eine Hand unter dem Kopf und die andere auf die Augen gelegt. Die leicht schamlose Haltung verrät ihre Sehnsucht. Wartet sie auf irgendjemanden? Doch statt eines Liebhabers lauert neben ihr ein behaartes Ungeheuer, furchteinflößend und unheimlich. Eine braune, hässliche Pfote dieses Wesens schwebt über der Schlafenden. Jeden Moment kann es sie anfassen. Der Körper des Ungeheuers ist verdeckt, doch seine Anwesenheit ist so präsent, so bedrohlich, dass ich meinen Blick nur sehr schwer vom Bild abwenden kann.

Tanja bietet mir ihre Couch zum Übernachten an. Leider muss sie zweimal die Woche zur Nachtschicht ins Krankenhaus. Also bleibe ich allein in der Wohnung. Wie üblich, kann ich in einem fremden Bett lange nicht einschlafen. Als ich doch eingenickt bin, legt sich eine schwere, fellbedeckte Pfote auf meinen Hals und drückt kräftig zu. Ich werde wach, merke, dass ich klatschnass bin und knipse den Lichtschalter an. Das Bild steht immer noch an die Wand gelehnt auf dem Tisch. An Schlaf ist jetzt nicht mehr zu denken. Ich wälze mich lange auf meinem Nachtlager hin und her. Doch dann stehe ich auf, nehme ein Tuch, wickele das Bild ein und schiebe es unter den Wohnzimmerschrank.

Zurück auf der Couch versuche ich einzuschlafen. Es ist nichts zu machen, das Ungeheuer kriecht laut schnaubend aus der Ecke wieder durch meinen Kopf, sobald ich die Augen schließe. Panisch ziehe ich das Paket wieder unter dem Schrank hervor, öffne die Wohnungstür und stelle das Bild ins Treppenhaus. Endlich kann ich einschlafen. Ich werde erst wach, als Tanja vor mir steht und mit dem Bild vor meiner Nase herum wedelt. „Wie kommt das denn ins Treppenhaus?", fragt sie und lacht unbekümmert über meinen Alptraum.

Der Ort, in dem Tanja wohnt, liegt 30 km von Kiew und 70 km von Tschernobyl entfernt. Diesen Ort und den 26. April 1986 verbindet inzwischen die ganze Welt mit einer bis dahin einmaligen Katastrophe, dem Super-GAU von Tschernobyl. Weil ich am Montag, dem 28. April, morgens wieder an meinem Arbeitsplatz sein musste, fuhr ich am Freitag, dem 25. April, nach Hause. Mit dem Zug sind es ein Tag und zwei Nächte.

Zum Glück hatte ich meine Rückkehr aus Kiew vorher geplant und das Ticket gebucht. Schon am 4. Mai herrschen am Kiewer Hauptbahnhof fast kriegsähnliche Zustände. In der ganzen Stadt (damals schon fast drei Millionen Einwohner) versuchen Eltern, ihre Kinder zu retten.

Erst am Abend des 28. April erfährt die sowjetische Bevölkerung überhaupt von einem Unfall in Tschernobyl. Die Nachrichtenagentur verbreitet eine Erklärung des Ministerrates: Im Atomkraftwerk Tschernobyl hat sich ein Unfall ereignet. Ein Reaktor wurde beschädigt. Maßnahmen zur Beseitigung der Unfallfolgen werden ergriffen. Den Geschädigten wird Hilfe geleistet. Über das Ausmaß der Katastrophe und erste Opfer fällt kein Wort.

Am 2. Mai ruft Tanja mich an meinem Arbeitsplatz an und fragt, ob ich die Nachrichten verfolgt hätte. Etwas irritiert verneine ich. Sie erzählt mir von dem Unfall und klagt die verantwortlichen Behörden an: „Sie haben uns nichts gesagt! Wir mussten am 1.Mai an der Parade teilnehmen!" Die Mai-Parade war in der Sowjetunion Pflicht. Auch an diesem fünften Tag nach dem GAU fand der Volksumzug statt, als wenn nichts geschehen sei, obwohl der Aufenthalt im Freien in der Region längst nicht mehr ohne Risiken war.

Sie weint. Ich weiß nicht, wie ich sie trösten kann. Es ist weit weg etwas passiert, was ich nicht richtig einschätzen kann. Hier in meiner kleinen heilen Welt ist alles in Ordnung. Blauer Himmel, frische Frühlingsluft. Ich darf die Blätter anfassen und mich auf den Rasen setzen. Dass das dort alles verseucht ist, ist nur schwer vorstellbar.

Als sie auflegt, gehe ich mit Beklemmung wieder an meine Arbeit. Vor meinem geistigen Auge sehe ich Kiew. Dort liegen jetzt unter blühenden Kastanien Tote und Verletzte, von einer radioaktiven Wolke bedroht. Das Ungeheuer in Tanjas Bild ist Wirklichkeit geworden. Als ob das Bild eine Prophezeiung war.

Da fällt mir der Titel ein: Verwunschener Ort. Wie eine Botschaft an uns. Während wir sorglos mit unserer Erde umgehen, dem bislang einzig bekannten Planeten, auf dem es Leben gibt, lauern irgendwo alle möglichen gefährlichen Monster, die wir selbst erschaffen haben. Das Gebiet um Tschernobyl ist für nicht absehbare Zeit radioaktiv verseucht und damit zu einem verwunschenen Ort geworden. Und doch leben noch – oder besser gesagt, wieder – etwa 12.000 Menschen dort. Es gilt die ungeschriebene Regel: Wer älter als 80 ist, darf dorthin zurückkehren. Die unsichtbare Gefahr, die Radioaktivität, wird nicht richtig ernst genommen.

In der nächsten Woche rufe ich Tanja mehrmals an. Sie meldet sich nicht. Später erfahre ich, dass sie wenige Stunden nach unserem Telefonat nach St. Petersburg reiste. In ihrem letzten Brief Anfang der 90er Jahre schrieb sie mir, bei ihr seien sechs Sievert festgestellt worden. Die Strahlenbelastung wird in Sievert gemessen. Die Strahlendosis, die Bestrahlungszeit und die Art der Substanz sind entscheidend für die körperlichen Schäden. Geringe Strahlendosen töten nicht, erhöhen aber langfristig das Risiko für Krebs und Erbgutschäden. Sechs Sievert ist viel. Und das ist es, was mich heute noch traurig macht. Ich weiß nicht, ob meine Freundin noch lebt. Denn auch unsere schlaue moderne Technik wie Internet, Facebook und Skype konnte mir bei der Suche nach ihr nicht helfen.

Ich habe eines der Magazine *ausgestrahlt* aus der Arztpraxis mitgenommen. Die ins Gedächtnis gerufenen Erinnerungen haben mich traurig gestimmt.

Ich frage mich, ob ich diese Geschichte überhaupt erzählen soll.

Wen interessiert dieses Geschehen noch? Ist es wichtig, die Gefährlichkeit der Atomenergie in Erinnerung zu halten?

Doch dann sehe ich Tanja vor mir.

Ihr bin ich es schuldig: Nicht nur erzählen muss man davon. Laut schreien sollten wir, damit wir so etwas, wie es in Tschernobyl und Fukushima geschehen ist, nicht noch einmal erleben müssen!

Verlorenes Paradies

1992 bin ich mit meiner Familie nach Deutschland aufgebrochen. Von Abchasien aus. Nur drei Monate später brach dort der Bürgerkrieg aus.

Die ehemalige autonome Republik Abchasien hatte sich mit Gewalt von ihrem großen Bruder Georgien getrennt. In der Republik Abchasien waren die Abchasen selbst nur eine Minderheit. Ihnen half damals ein Bündnis von russischen Truppen und kaukasischen Freiwilligen. Beide Seiten plünderten und mordeten. Glücklich ist heute keiner. Nur wenige Staaten außer Russland erkennen die Republik an.

Mich hat der Krieg hart getroffen. Ich fühlte mich bestohlen, denn mir wurde meine geliebte Heimat und die meines Vaters weggenommen. Aber die Sehnsucht nach meiner Heimat blieb. Ich möchte noch einmal diesen unvergesslichen Duft des Meeres, der Magnolien und Weintrauben einatmen. Ich möchte meine Füße ins Wasser des Schwarzen Meeres tauchen, den heißen Sand unter meinen Füßen spüren.

2008 war es so weit. Im Sommer flog ich nach Sotchi, um von dort weiter nach Abchasien zu reisen.

Nach zahlreichen Pannen und Strapazen lande ich endlich auf dem Flughafen von Sotchi. Dort weiß ich eine Bekannte, die ich aus meiner alten Heimat kenne. Ich nehme mir ein

Taxi. Das kleine Häuschen am Berghang mit zwei winzigen Zimmern, sparsam möbliert, ist viel zu klein für 8 Personen. Trotzdem sind sie sehr glücklich, hier Fuß gefasst zu haben. Sie hatten großes Glück, dem Massaker in Abchasien entkommen zu sein. Hier erfahre ich, dass in Abchasien immer noch Unruhen herrschen und dass es dumm von mir sei, dorthin fahren zu wollen. Bereits im Mai 2008, bei den Verhandlungen zwischen Abchasen und Georgiern, eskalierte die Situation. Dass aus dem kleinen Krieg am Rande Europas kein Flächenbrand wurde, sei letztlich einigen wenigen Personen mit klarem und nüchternem Kopf zu verdanken, unter anderem Frankreichs Präsidenten Nicolas Sarkozy, schrieb der Tagesspiegel damals.

Also entscheide ich mich, in Sotchi zu bleiben.

Die erste Nacht verbringe ich bei den Freunden. Ich kann nicht schlafen. Die Hitze und die hohe Luftfeuchtigkeit machen mir zu schaffen. Ich wälze mich auf meinem Nachtlager und finde keinen Schlaf. Alles ist fremd hier und so anders, als ich es mir vorgestellt hatte, als ich meinen Koffer packte. Endlich ist es Morgen, und ich höre Stimmen aus der Küche. Ich atme erleichtert tief durch. Jetzt bin ich endlich in der Lage, die schöne Landschaft um mich herum zu genießen.

Es ist wirklich wunderschön hier. Die Sonne steigt gerade am tiefblauen Himmel auf. Nach den Strapazen der Reise und der vergangenen Nacht empfinde ich nun ein unermessliches Glücksgefühl. Ich möchte meine Arme ausbreiten und gradewegs vom Hang hier oben aus losfliegen.

Doch am Mittag vergeht meine Begeisterung schon wieder. Als Gast muss ich mich hier anmelden. Das aber ist ohne eine Meldeadresse nicht möglich. Ich bitte meine Bekannten um Hilfe bei der Anmeldung, nicht ahnend, was uns bei der Meldebehörde erwartet.

Ein Haufen auszufüllender Formulare und vier Stunden Wartezeit sollen mir schon den ersten Tag in Sotchi vermiesen. Meine Bekannten werden Stunden von der Arbeit abgehalten. Sie sind alle selbstständig, und Zeit ist Geld. Es ist mir alles sehr peinlich. Aber ich kann nichts dafür. Eine fehlende Registrierung kann bei der Ausreise mit 150 Euro bestraft werden.

Die Beamten am Schalter sind unfreundlich. Trotz meiner Sprachkenntnisse fühle ich mich verloren und fremd in meinem Heimatland. Alles ist ungewohnt für mich und irgendwie erscheint mir die ehemals so sonnige Stadt Sotchi plötzlich unfreundlich. Ich bin so enttäuscht, dass ich meinen Rückflug auf einen früheren Termin umbuche. Nun geht es mir besser.

Ich nehme mir vor, den Rest der Woche so angenehm wie möglich zu gestalten. Es gibt sehr schöne Hotels hier. Die sind allerdings sehr teuer. Ich buche ein Zimmer in der alten Pension Neptun. Es gibt heißes Wasser und einen Balkon. Das Preis-Leistungsverhältnis stimmt. Außerdem ist die Pension bewacht, und ich kann bei offenem Fenster schlafen.

Endlich kann ich meine Strandtasche packen und laufe Richtung Promenade. Die ist voller Menschen. Die frische, salzige Brise weht mir ins Gesicht. Diese unbeschreibliche Seeluft, die ich so vermisst habe! Aber dann traue ich meinen Augen nicht. Der Strand ist ungepflegt, eng und ungemütlich. Es gibt keine Liegen. Die Urlauber breiten ihre Handtücher auf dem Kies aus und sind offenbar glücklich, dass sie überhaupt ein Plätzchen gefunden haben. Stundenlang schmoren sie in der Sonne. Ganz offensichtlich ist hier der Sozialismus noch zu spüren.

Ich gehe viel spazieren und versuche, mit Menschen ins Gespräch zu kommen. Bei einem alten Mann gelingt mir das. Er redet gerne mit mir. Ich befrage ihn zu der neuen Zeit nach der Perestroika. Das ist ein heißes Thema für ihn. Er ist verbittert, enttäuscht und fühlt sich bestohlen. Sein Leben lang hat er als Taxifahrer gearbeitet, gespart und über Nacht mit der Inflation alles verloren. Und nun steht er da vor seinem alten Haus und lässt einen Rosenkranz durch seine Finger gleiten. Er fürchtet, dass ihm auch noch das Letzte weggenommen wird, das Haus, in dem er wohnt. Ich frage, wie er darauf kommt. „Weil mein Haus klein und unansehnlich an der Hauptstraße steht, die zu den Stadien der Winterolympiade 2014 führt. Die werden uns mit großen Baggern einfach wegschieben."

Ich möchte ihn ein bisschen trösten: „Sie werden sicher finanziell entschädigt. Bestimmt kriegen sie ein Baugrundstück oder eine Wohnung gestellt." Er lacht bitter: „Alte Bäume verpflanzt man nicht. Hier bin ich geboren, hier möchte ich beerdigt werden." Ich frage ihn um

Erlaubnis, ihn fotografieren zu dürfen. Er nickt. Dann beginnt er zu erzählen.

Der Aufwand für die Winterolympiade in Sotchi sei gewaltig. Sechs neue Stadien wolle der Kreml an die Küste des Schwarzen Meeres bauen. Dazu kommen Pisten, eine Sprungschanze und Dutzende Fünf-Sterne-Hotels an den Hängen des Kaukasus. Zudem mehrere Luxusvillen am Schwarzen Meer, die zum Teil bis in die Naturschutzgebiete hinein errichtet werden. Eine der Residenzen werde sich der Gouverneur des Gebiets bauen lassen. Ein anderes Anwesen soll für Putin persönlich bestimmt sein. Ein wahrer Palast mit Casino und Hubschraubenlandeplatz. Die Kosten des Projektes: eine Milliarde Dollar, also rund 770 Millionen Euro. Vielen Bürgern aus Sotchi und Umgebung würden die Häuser und Grundstücke durch Enteignung gewaltsam genommen.

Ich verabschiede mich von ihm und ziehe weiter. Seine traurige Geschichte beschäftigt mich noch, als ich nur eine halbe Stunde später eine weitere zu hören bekomme, nicht weniger deprimierend. Im Bus sitzt mir gegenüber eine alte Dame, erschöpft, ungepflegt und ebenfalls verbittert. „Sehen sie diese Villen da und dort? Das sind unsere Flüchtlinge aus Abchasien. Ein Haus protziger, als das andere."

Ich traue mich nicht, ihr zu sagen, dass Abchasien auch meine Heimat war. Sie erzählt mir von staatlichen Hilfen, billigen Krediten und Korruption. Wie viel Wahrheit darin steckt, mag ich nicht beurteilen. Eins ist aber ganz klar, die Flüchtlinge sind unbeliebt.

Zurück in Deutschland ist meine Sehnsucht geheilt. Als mich meine Tochter neulich fragt, ob wir beide zur Olympiade nach Sotchi fliegen sollen, sage ich so schnell wie mir nur möglich: „Neeein!"

Bis hier hin und nicht weiter

„Verstehst du, was in der Ukraine passiert?", fragt mich meine Mutter „Ist dort jetzt wieder Krieg?" Das Interesse meiner 97-jährigen Mutter für Politik ist nicht neu für mich. Sie schaut gerne politische Sendungen mit Frank Plasberg oder Günther Jauch. Doch das Wort Krieg klingt erschreckend für sie.

1992 sind wir vor dem Bürgerkrieg in Georgien geflüchtet. Sie hat genug von kriegerischen Auseinandersetzungen. Ihr Interesse an der Ukraine hat jedoch einen besonderen Grund. 1917 ist sie dort geboren. Ihre Vorfahren lebten seit 300 Jahren in diesem Teil Russlands, einst wurden sie von Katharina der Großen in das Riesenreich gerufen.

„Die Ukraine ist ein sehr schönes Land", erzählt mir meine Mutter. „Eine abwechslungsreiche Landschaft mit jeweils passendem Klima. Es gibt dort kalte Winter und warme Sommer, und der Boden ist sehr fruchtbar. Wir haben auf unseren Feldern Weizen, Hafer, Gerste, Zuckerrüben und Kartoffeln angebaut". Leider verlor sie schon mit 19 Jahren die geliebte Heimat. Im Herbst 1936 wurden Deutschstämmige zu Feinden des russischen Volkes erklärt. Deswegen mussten sie ihre Dörfer und Häuser verlassen. „Dass sich die ehemaligen Nachbarn, Ukrainer wie Russen, über unsere Verbannung so freuen würden, hat uns hart getroffen. Zum Abschied standen sie am Straßenrand, trommelten auf Eimern, pfiffen und lachten. Sie zogen in unsere Häuser mit wunderschönen, gepflegten Gärten, und wir mussten in der weiten Steppe Kasachstans mit seinem rauen Klima ein neues Leben anfangen. Und wieder gelang es, aus dem Nichts ein blühendes, fruchtbares Paradies zu schaffen, wie es uns die Vorfahren in der Ukraine vorgemacht hatten. Währenddessen ging es in der verlorenen Heimat bergab. Ein paar Jahre später erfuhren wir von dem Verfall der alten Heimat: *Da, wo eure Blumen standen, liegt ein Haufen Müll, und in den Obstgärten wuchert das Unkraut."*

Das Gebiet der heutigen Ukraine wurde schon in der Steinzeit besiedelt. Während der Völkerwanderungszeit besiegten und verdrängten viele germanische Stämme die ansässige Bevölkerung. Im 9. Jahrhundert errichteten ostslawische Stämme unter dem Einfluss von Skandinaviern, auch Wikinger genannt, an den Handelswegen vom Norden über Nowgorod nach Süden in Richtung Konstantinopel ein Großreich mit der Hauptstadt Kiew. Es wurde Kiewer Rus genannt und wird als Vorläuferstaat der heutigen Staaten Russland, Ukraine und Weißrussland angesehen.

Die Ukraine liegt zum größten Teil (ca. 95 %) auf dem Gebiet von Osteuropa. Nur die restlichen 5%, die Karpaten und Lemberg, zählen zu Mitteleuropa, Odessa und die Halbinsel Krim zu Südosteuropa. Die Ukraine grenzt im Norden an Weißrussland, im Nordosten an Russland, im Süden an das Schwarze und das Asowsche Meer, im Südwesten an Rumänien sowie Moldawien und im Westen an Polen, die Slowakei und Ungarn. Wie ein rautenförmiger

Zipfel ragt die Krim ins Schwarze Meer, mit dem Rest der Ukraine nur über eine acht Kilometer breite Landenge verbunden.

Geschichte, Geografie und Bevölkerung der Insel sind einzigartig. Viele Jahrhunderte lang war die Krim die Heimat nomadischer Völker aus Zentralasien, den Osmanen, Tataren und Mongolen. Aus der Sprache der Tataren stammt auch das Wort „Krim" was „Felsen" oder „Festung" bedeutet.

Im Jahre 1783 verkündete Katharina die Große, nachdem die Schwarzmeer-Halbinsel Krim von Russland erobert worden war, dass diese „von nun an und für alle Zeiten" zum Russischen Reich gehöre. Nach der russischen Februarrevolution 1917 entstand die *Ukrainische Volksrepublik*, die mit der Gründung der Sowjetunion im Dezember 1922 zur *Ukrainischen SSR wurde*.

Als 1942 die Deutschen die sowjetische Krim besetzten, stellten sich bis zu 20.000 Tataren gegen die Russen auf die Seite der Wehrmacht. Dafür sollte ihr Volk bitter bezahlen: Stalin ließ nach der Rückeroberung der Krim die Krimtataren fast restlos nach Zentralasien deportieren. Schätzungsweise fast die Hälfte der ungefähr 200.000 Menschen starb im Zuge der Deportationen. Zwischen 1944 und 1979 gab es praktisch keine Tataren mehr auf der Krim. Erst ab 1989 durften sie offiziell zurückkehren, inzwischen stellen sie wieder zehn bis zwölf Prozent der Bevölkerung.

1954 schenkte Stalins Nachfolger Chruschtschow, selbst ukrainischer Abstammung, die Krim der ukrainischen

Sowjetrepublik. Damals war das eine Nebensache. Doch nach der Auflösung der Sowjetunion strebten immer mehr Teilrepubliken nach Unabhängigkeit.

1991 erlangte auch die Ukraine nach einem Referendum mit 90,3 % Zustimmung ihre staatliche Unabhängigkeit. Als von der ukrainischen Regierung ein EU-Beitritt angestrebt wurde, begrüßte das die EU. Doch Russland wollte diese Annäherung nicht widerstandslos akzeptieren.

In der Regierungszeit von Viktor Janukowitsch blühte im ganzen Land die Korruption. Die Proteste gegen ihn und die Forderungen aus der Bevölkerung, die Annäherung an die EU zu beschleunigen, wurden immer lauter, letztendlich endeten sie im Februar 2014 mit einem blutigen Aufstand auf dem Maidan.

Die Demonstrationen waren zunächst friedlich verlaufen, bis radikale Nationalisten daraus einen bewaffneten Putsch inszenierten. Zuletzt beteiligten sich dreißigtausend Mitglieder der nationalistischen Partei *Swoboda* und die rechtsextreme Organisation *Rechter Sektor*. Sie brachten Helme, Molotows und Gewehre mit. Die Ukrainische Vereinigung Swoboda ist Nachfolger der *Organisation Ukrainischer Nationalisten*, deren Anführer *Stepan Bandera* war.

Als 1941 die Wehrmacht in der Ukraine einmarschierte, wurde sie mit Brot und Salz empfangen. Stephan Bandera ließ sofort seine Männer von den Deutschen ausbilden und kämpfte mit deutschen Waffen gegen die Sowjetunion. Im Juni 1941 kam es in Lemberg zu einem Massaker, an dem ukrainische Verbände maßgeblich beteiligt waren. 7000 Kommunisten und Juden wurden dort ermordet.

Während der kommunistischen Herrschaft durfte der Name Bandera in der Ukraine nicht einmal erwähnt werden. Erst nach dem Fall des Eisernen Vorhangs erinnerte man sich auf der Suche nach eigenen ukrainischen Idolen und Identifikationsfiguren wieder an ihn. Sein bedingungsloses Motto „Freiheit oder Tod" begrüßten vor allem die jungen Nationalisten. In der Ostukraine und auf der Krim reagierten die Menschen mit Protesten auf den gewaltsamen Machtwechsel in Kiew. Das Verbot der russischen Sprache als Amtssprache durch die Übergangsregierung ließ die überwiegend russisch sprechende Bevölkerung protestieren. Es folgte die Vertreibung des Regierungschefs der Krim und die rasche Annexion der Halbinsel durch Russland.

In dem anschließenden Krieg in der Ostukraine sind nach UN-Angaben bislang etwa 10.000 Menschen getötet und mehrere tausend weitere vertrieben worden, hauptsächlich Krimtataren, Ukrainer und Russen.

Ein 2015 mit deutscher und französischer Vermittlung vereinbarter Friedensplan wurde bis heute nicht umgesetzt. Die Situation in der Ukraine ist heute noch kritisch. Im Osten kommt es an der Waffenstillstandslinie immer wieder zu kriegerischen Auseinandersetzungen zwischen der ukrainischen Armee und den von russischer Seite unterstützten Separatisten.

Die EU und die USA sehen die Annexion der Halbinsel Krim als Verletzung der Grenzen in der Mitte Europas.

Polen und die baltischen Staaten schlagen Alarm, sie haben Angst vor Russland. Zu deren Schutz verlegt die Nato zusätzliche 4.000 Soldaten dorthin. Russland fühlt sich von Nato-Waffen und von Nato-Einheiten umzingelt und stationiert zusätzlich Zehntausende Soldaten an seiner Westgrenze. Ein Teufelskreis!

Alles das versuche ich meiner Mutter zu erklären. Ich glaube, sie hat es verstanden. Aber es kann sie sicher nicht beruhigen, was sie von mir als Auskunft auf ihre Frage bekommen hat.

Mein Freund, das Buch

Mein Mann schenkt mir sehr oft Bücher. „Statt Blumen!",
sagt er jedes Mal. Das ist das schönste Geschenk, das er mir
machen kann, zumal er auch immer eine gute Wahl trifft.
Inzwischen haben wir Regale voll davon. Rücken an Rücken,
groß, klein, dick und schmal. Bücher sind mir die besten
Freunde geworden.

Schon als Kind erlag ich ihrer Faszination. Erst las mir meine
Schwester vor, die mit mir nicht nur das Zimmer, sondern
sogar das Bett teilte. Wir erlebten faszinierende
Abenteuerreisen in fremde Länder, in die Zukunft und in die
Vergangenheit. Wir lachten über Tom Sawyer, der nach
einem Schatz sucht, die Schule schwänzt, sich prügelt und
sich mit seinem besten Freund herumtreibt. Die Geschichte
Onkel Toms machte uns traurig, und mit den drei
Musketieren schworen wir: „Einer für alle - alle für einen".

Wir lasen bis tief in die Nacht und wurden oft von Vater
überrascht, der plötzlich im Zimmer stand und schimpfte,
dass uns nur noch wenig Zeit zum Schlafen bliebe. Das Buch
wurde uns weggenommen und das Licht ausgeschaltet. Aber
auch danach brauchte ich noch eine Weile, bis ich in die reale
Welt zurückkehrte und einschlafen konnte. Und ja, mein
Vater hatte recht, am nächsten Tag in der Schule war ich oft
müde und schlief in den Pausen ein. Erst als meine
Schwester auszog, suchte ich mir eine Bücherei und

schleppte mehrmals in der Woche einen großen Stapel Bücher nach Hause. Ich wurde regelrecht lesesüchtig. Selbstvergessen in eine fremde Welt eingetaucht, war ich jedes Mal sehr erschrocken, wenn mein Vater mich kräftig an den Schultern packte.

Mit meiner Lesesucht habe ich auch meine Mutter angesteckt. Sie hatte mit dem Haushalt viel zu tun, doch manches Buch fesselte sie und beflügelte ihre Träume. Immer, wenn sie es nicht mehr aushielt, schlug sie die Seiten auf und las weiter. Es war für sie ein reizvoller Ausflug in ein Leben jenseits von Küche, Garten und Kindern.

Ich hatte ihr *Die Elenden* von Victor Hugo zu lesen gegeben, ein literarisches Meisterwerk. Meine Mutter, die nur drei Jahre zur Schule gehen durfte und danach nie viel Zeit zum Lesen hatte, kämpfte sich durch die über 1.000 Seiten und war bis zur letzten Seite gefesselt. Kaum hatte sie das Buch zu Ende gelesen, da bat sie mich, ihr weitere Bücher mitzubringen. Mein Vater beobachtete es, und eines Tages brachte der Postbote zwei Exemplare Frauenzeitschriften. Statt Blumen, würde ich heute sagen.

Später, als ich mein eigenes Geld verdiente, legte ich mir eine beträchtliche Büchersammlung zu. 1992, vor meiner Abreise nach Deutschland, sortierte ich tagelang, blätterte und konnte mich nicht entscheiden, welche Bücher ich aufgeben sollte. Die Bücher waren meine Freunde geworden, und wer trennt sich schon gern von Freunden?

Als ich im Mai 1992 nach Deutschland kam und mein Cousin meine Taschen ins Auto packen wollte, war er erschrocken. "Was hast du da drin? Steine?" Alle meine Verwandten und Bekannten brachten ihren ganzen Haushalt mit, aber niemand eine Buchsammlung. Ich wurde verspottet. Doch mir war es egal.

So stehen meine alten Freunde in russischer Sprache noch heute in meinem Regal. Seite an Seite mit inzwischen vielen deutschen Brüdern. Ab und zu schaue ich hinein und lasse mich von der Schönheit meiner Muttersprache inspirieren, der Sprache Tolstois, Puschkins und Lermontovs. Liebevoll wische ich den Staub ab und stelle sie wieder ins Regal.

Ihr, meine geliebten Bücher, meine treuen Freunde, ihr werdet auch mich überleben!

Angekommen

Deutsche Sprache - schwere Strafe

Eine Bekannte sagte neulich zu mir: „Du sprichst aber gut
Deutsch!" Ihr Lob tat mir gut. Wenn ich daran denke, dass
ich Deutsch erst mit 40 Jahren lernen musste, dann bin ich
stolz auf mich. Irgendwo habe ich gelesen, dass die
Germanen ursprünglich vor ca. 10.000 Jahren aus dem Ural
kamen und sich Jahrhunderte lang westwärts bis zum
Schwäbischen Meer verbreiteten. Hinter dem Ural bin ich
geboren. Vielleicht half mir das?

Das ist natürlich nicht ernst gemeint, aber genau in diesem
Moment denke ich daran, wie viele Wörter deutscher
Herkunft in der russischen Sprache zu finden sind. Im 16.
Jahrhundert kamen viele Deutsche nach Moskau. Einige
waren vom Zar angeworben, meist Ärzte, Lehrer,
Militärpersonen oder Kaufleute. Viele deutsche Wörter
wurden von den Russen aufgegriffen und sind bis heute im
Umlauf: – Butterbrot, – Halstuch, – Kurort, – Schnur, –
Schacht, – Strecke.

Früher habe ich mir darüber keine Gedanken gemacht, bis
ich 1992 nach Deutschland kam. Dass Deutschlernen so
schlimm werden würde, hatte ich nicht gedacht. Sofort
belegte ich einen Sprachkurs. Als nach vier Wochen kein
Erfolg zu spüren war, suchte ich mir Arbeit. Dort werde ich

gefordert, dachte ich mir. Doch ein Jahr am Fließband brachte mich auch nicht weiter. 80 Prozent der Belegschaft stammte aus Afrika, Bulgarien, Polen, aus der Türkei und sogar aus Vietnam. So konnte es nicht weitergehen. Ich suchte mir einen anderen Job.

Ein Seniorenheim ganz in der Nähe brauchte eine Aushilfe. Zu meinem Erstaunen stellten sie mich trotz meiner mangelhaften Deutschkenntnisse ein. Hier konnte ich endlich die Sprache lernen. Kollegen und Patienten verwickelten mich in Gespräche, ohne Gedanken daran zu verschwenden, ob ich sie verstehe. Da ging es mit dem Deutschlernen zügig voran. Allerdings nicht ohne Pannen.

Jeden Abend schrieb ich einen Bedarfszettel. Als die Chefin an einem Morgen um sechs Uhr früh den Zettel im Keller las, weckte sie mit ihrem lauten Lachen auch den letzten Bewohner. Ihr Mann machte sich Sorgen und eilte zu ihr. Tränen wegwischend, entschuldigte sie sich bei mir. Ich hatte statt Hundefutter *Futterhunde* notiert!

Noch eine halbe Stunde später sagte jemand: „Haben wir jetzt Futterhunde oder nicht?" Und schon bogen sich wieder alle vor Lachen. Zunächst hatte ich es als Blamage empfunden, aber dann lachte ich einfach mit. Ich hatte gelernt, mit solchen Situationen umzugehen und suchte Kontakt zu Menschen. Ich wünschte mir, in meiner neuen Heimat angekommen zu sein, Freunde zu haben, mit denen ich lachen und feiern konnte.

Ich wollte in die Gesellschaft aufgenommen werden, Fragen nicht nur mit einem kurzen Ja oder Nein beantworten, sondern lebendig diskutieren. Indem ich über meine manchmal komisch klingenden Fehler selbst gerne lachte, legte ich die Scheu ab, deutsch zu sprechen. Sehr selten hatte ich das Gefühl, wegen meiner Sprache abgelehnt zu werden, und ich bat alle meine Bekannten und Kollegen ausdrücklich, mein Deutsch zu korrigieren. Aber noch heute gelingen mir fast täglich neue Lacherfolge.

Beim Einkaufen möchte ich gern mein Lieblingsbrot mitnehmen. „Sollen wir wieder *Pimpernuckel* kaufen?", frage ich meinen Mann, der vor mir geht. Seine zuckenden Schultern verraten es mir. Schon wieder habe ich etwas Falsches gesagt.

Am letzten Freitag probierte mein Mann Schuhe im Schuhgeschäft an, zieht die Hosen etwas in die Höhe und fragt mich, ob es gut aussehe. „Lass doch die Hose runter", fordere ich ihn auf. „Das hättest du wohl gern", schmunzelt er. Hinter uns erschallt lautes Lachen. Es ist mir zwar peinlich, aber ich lache tapfer mit. Mein Mann ist mir eine große Hilfe, aber manchmal beschert er mir solche Lachnummern.

In meinem Kosmetik- und Fußpflege-Studio zeigte mir eine alte Dame ihre Füße und erzählte mir, dass sie selbst versucht habe, ihre Probleme zu lösen. Ich riet ihr, nächstes Mal sofort zu mir zu kommen, anstatt selbst an ihren Füßen herumzufummeln. Ihr Gesicht wurde ernst, sie richtete ihre Schulter gerade auf und sagt mir: „Sie sprechen aber gut deutsch!" Ich merke, irgendwie ist sie jetzt anders gelaunt, verstehe aber nicht warum. Zuhause werde ich freundlich, aber bestimmt aufgeklärt: „Ladylike ist das nicht." – „Aber du sprichst doch auch so," werfe ich meinem Mann vor.

Wir greifen oft zum Duden, um Wörter richtig zu benutzen. Wenn ich dann sehr frustriert über meine schiefe Ausdrucksweise bin, tröstet er mich damit, wie sich in seiner Schulzeit in den 60-er Jahren Schüler bemühten, die deutsche Sprache zu verunstalten. Sie gingen im statt ins Bett, und sie waren am Spielen dran. Es scheint also nicht nur mein Problem zu sein: Deutsche Sprache, schwere Strafe.

In diesem Sinne: Mein und dein verwechsele ich nicht, das kommt bei mich nicht vor!

Rüstiger Rentner sucht Traumfrau ...

Ich war 47 und frisch geschieden. Doch allein bleiben wollte ich nicht. Erst aus Neugier, später aus wachsendem Interesse, fing ich an, die Kleinanzeigen aus der Rubrik Bekanntschaften zu studieren. Eine fand ich besonders lustig:

Rüstiger Rentner, 83, 179, 85, R, finanz. unabhängig, sucht liebe, vollschlanke, sportliche Sie ab 45 zum Kuscheln, zuhause gemütlich beim Kerzenlicht Essen und Glas Wein trinken. Wieder mal mit einer hübschen, zärtlichen Frau schöne Dinge erleben – jedoch getrenntes Wohnen ist von mir erwünscht!

Ich habe mir schon überlegt, ob ich ihn anrufe. Beim Kerzenlicht ein Glas Wein trinken, klingt doch so romantisch. Zwar trinke ich kaum Alkohol, aber was soll es.... Der Altersunterschied schien auch ziemlich groß, aber bei guter Pflege könnte es noch ein paar Jahre gut gehen. *Ob er noch ein gemütliches Zuhause hat und leckeres Essen selbst zaubern kann? Und macht er seinen Haushalt noch selbst?* Schließlich legt er doch Wert auf getrenntes Wohnen.

Da kam mir ein Verdacht. Ich blätterte das Anzeigenblatt weiter und – Bingo! *Rentner, 83, sucht Putzhilfe und Köchin.*

Was soll ich sagen, Anzeigen durchstöbern lohnt sich. Mancher, schüchtern und höflich, beschreibt seine Augen- und Haarfarbe, tolle Fähigkeiten im Kochen und Tanzen. Andere wiederum wissen ganz genau, was sie suchen, zum Beispiel:

Ich wünsche mir Nähe, die nicht erdrückt, Distanz, die nicht entfremdet, Freiheit, die nicht verletzt und Glück, das niemals endet.

Wäre das nicht eine Anregung für meine eigene Anzeige? Ich grübele noch ein Weilchen. *Was will ich eigentlich, welcher Mann würde mir gefallen?* Nach meiner Scheidung von einem Deutschrussen stand für mich fest: Einen Russen heirate ich nie wieder!

Aber mit wem kann ich den Rest meines Lebens teilen? Ich beschließe, mir einen Deutschen zu suchen und zwar mit einer eigenen Anzeige.

Sie, aus Russland, blond (47,159,74) vollschlank und hübsch, sucht Ihn zum Leben, Lieben und Glücklich sein. Schlicht und einfach. Mit 74 Kilo konnte ich eigentlich nicht als vollschlank gelten, war ich mir bewusst, aber ich hatte längst herausgefunden: Die wenigsten Suchenden sind ehrlich.

Was nach dem Erscheinen meiner Anzeige passierte, hatte ich nicht geahnt: 37 Anrufe! Als ich mich einigermaßen beruhigt hatte, fing ich mit Rückrufüberlegungen an. Erst jetzt lernte ich, dass die Annoncen zwar kostenlos sind, so wie es in der Zeitung steht, doch wer seine Interessenten erreichen möchte, wird mit jeder Minute ärmer.

Meine Anrufe kosteten mich etwa 300 DM. Doch die Erfahrungen, die ich dabei gemacht habe, sind es wert gewesen. Dabei habe ich nicht einmal alle Interessenten zurückgerufen, weil mir nach meinem neunten Date irgendwie die Lust vergangen war.

Beim ersten Date wurde ich gefragt, ob ich meine Annonce selbst ausgedacht hätte. Dabei hat er mich sehr skeptisch von Kopf bis Fuß angeschaut. Ich überlegte mir, woran das liegt. Ungenügende Sprachkenntnisse? Oder hat der Mann mir das bisschen Übergewicht übelgenommen? Nett war er, keine Frage, nur dass er sein Versprechen, mich anzurufen, nicht gehalten hat, fand ich nicht gut. Die paar Kilo hätte ich ihm zuliebe schnell abspecken können.

Aus meiner Partnersuche hatte ich kein Geheimnis gemacht. Meine Kollegen fieberten jedes Mal mit, wenn ich wieder ein Date hatte. An solchen Tagen gaben sie mir immer gute Ratschläge und versprachen mir, den ganzen Abend die Daumen zu drücken.

Es war wohl ziemlich töricht von mir, bei meinem zweiten Date den Treffpunkt vor meinem Hauseingang zu vereinbaren. Als ich die Haustür aufgemacht hatte, war mein erster Gedanke, die Tür ganz schnell wieder zu schließen. Es war zu spät. Er stand vor mir, ein Kanarienvogel.

Also ehrlich, entlockt es uns nicht ein Schmunzeln, wenn uns in Spanien oder Italien ein deutscher Mann in Sandalen und Tennissocken über den Weg läuft? Aber wenn es nur die Socken gewesen wären! Bunte Shorts und ein mit Palmen gemustertes Hemd wären auch zu ertragen gewesen. Doch seine Haare und sein Oberlippenschnurrbart waren der Gipfel! Haare, möglicherweise gefärbt, aus Altersgrau zum Rot geworden, waren von beiden Seiten zur Mitte hochgekämmt und mit Haarlack über die Glatze gezogen. Auch der Schnurrbart war rot (gefärbt?), kunstvoll zu Ringen geformt und mit Wachs fixiert. Wie bei dem berühmten Koch Horst Lichter. Zudem versuchte mein Kanarienvogel offenbar, biologische Vorzüge stolz zur Schau zu stellen. Sein Hemd war nur zur Hälfte zugeknöpft, und aus der Öffnung schossen die roten (doch von Natur rothaarig?) krausen Haare, auf denen ein ca. fünf bis sechs Zentimeter großes goldenes Kreuz an einer dicken goldenen Kette lag. Mit Ausnahme seiner Glatze war er sehr stark behaart. Es war ein Schock. „Hans", stellt er sich fröhlich vor und drückte kräftig meine Hand. Ich nannte ihm meinen Namen. Er lächelte freundlich und lud mich zum Stadtfest ein, das von uns nur ein paar Straßen entfernt mit lauter Musik lockte.

Es wäre ja schön gewesen, mit einem netten Herrn dorthin zu spazieren, aber mit dem? Meine Kollegen könnten auch da sein. Nicht auszudenken, wenn sie mich in seiner Begleitung sähen. Ich holte tief Luft und erzählte ihm eine Lügengeschichte vom plötzlichen Besuch meiner Tochter und Ihrem Freund. Mir war es peinlich. Eigentlich war der Mann nett, aber ich stellte mir die Gesichter meiner Kollegen vor und blieb hart. Nein, nein meine Tochter würde auch nicht zum Fest wollen, sie sei schwanger, und es wäre zu anstrengend für sie und das Baby...

O Gott, was rede ich da? Wenn meine Tochter das wüsste! Sie war schon längst in der Stadt und amüsierte sich. Hans war sehr traurig, er wollte mich gerne wiedersehen. Ich sei ganz nach seinem Geschmack, verkündete er und schaute mir dabei tief in die Augen. Ich tröstete ihn mit der weiteren Lüge, dass wir uns schon bald wiedersehen könnten, vielleicht schon in der nächsten Woche.

Tatsächlich, ich habe ihn wiedergesehen, aber erst zwei Jahre später. Nach unserem ersten Treffen weigerte ich mich wochenlang, ans Telefon zu gehen, wenn er anrief. Hartnäckig versuchte er, mich zu sprechen. Ich war zu feige, ihm die Wahrheit zu sagen. Irgendwann hat er aufgegeben. Später habe ich gedacht, dass ich ihm eine zweite Chance hätte geben sollen. Vielleicht hätte er sich überraschend positiv entpuppt. Letztendlich hasse ich es auch, wenn ich nur nach meinem Äußeren bewertet werde. Noch als 14-,15-Jährige war ich stolz, wenn jemand zu mir gesagt hat: „Du hast aber ein helles Köpfchen!"

Kurz und gut, den bunten Vogel habe ich zwei Jahre später wiedergesehen. Ich hatte in meinem Kosmetikstudio eine junge Dame behandelt, die mir von ihrem großzügigen Freund erzählte. Sie war etwa 35 und hübsch und plauderte gerne, wie es beim Frisör oder im Kosmetikstudio oft üblich ist. Innerhalb einer halben Stunde weißt du fast alles über deinen Kunden. Oder noch schlimmer, über deren Freunde und Kollegen. Wer mit wem und was es zur Party zu trinken und zu essen gab. So erzählte auch diese Kundin von ihrem netten Freund. Er habe ihr diesen Kosmetikbesuch geschenkt. Und weil sie mit mir sehr zufrieden gewesen sei, wolle sie ihrem Freund auch etwas Gutes tun. Dann kaufte sie für ihn einen Gutschein für die Fußpflege.

Als er das Studio betrat, wusste ich sofort, wer er war. Ich glaube, er hat mich auch erkannt, doch wir haben es uns beide nicht anmerken lassen. Aus dem Kanarienvogel war ein sehr sympathischer älterer Herr geworden. Er trug immer noch kurze Hosen, doch sehr elegante, und die Füße steckten ohne Socken in schicken Slippern. Kurze, graue Haare, sein Schnurrbart kurz gestutzt, ohne wilde Ringe. Ich war positiv überrascht. Doch ich war da schon längst in einer glücklichen Beziehung.

Mein drittes Date war amüsant und bedauerlich zugleich. Bei unserem ersten Telefongespräch erzählte er, er sei Polsterer und führe ein erfolgreiches Geschäft. Privat sei er aber sehr einsam. Er sehne sich wieder nach Liebe und lege Wert auf eine harmonische Beziehung. Die Stimme klang nett, aber irgendwie lustlos. Wir verabredeten uns für 18 Uhr im *Herzblatt*.

Als ich zur Bushaltestelle unterwegs war, begegnete ich meiner Kollegin. Sie überrede mich, mein Date sausen zu lassen und mitzukommen. Ich wollte den Mann nicht versetzen und habe daher versucht, ihn anzurufen. Er war nicht zu Hause. Auch der Anrufbeantworter war wohl ausgestellt. Verflixt! Aber der Abend mit der Freundin schien mir verlockender zu sein, als ihn mit einem Fremden zu verbringen. Wir haben uns dann auch prächtig amüsiert, und als ich um halb Elf nach Hause kam, hatte ich das Ganze schon längst vergessen. Er aber nicht.

Hat ihm der Alkohol Mut gegeben? Es war schon gewagt, zu dieser späten Stunde anzurufen. Sofort fiel mir mein Vergehen wieder ein. „Entschuldigen Sie bitte, aber ich habe versucht, Ihnen Bescheid zu sagen. Doch Sie waren nicht da und der Anrufbeantworter war ...‟

„Ach, seien Sie bitte ehrlich,‟ unterbrach er mich. „Sie haben mich gesehen, und dann sind sie abgehauen.‟ – „Warum soll ich so was tun? Sehen Sie so schrecklich aus?‟

„Na ja, nicht ganz. Ich habe sogar ein hübsches Gesicht.‟ – „Aber?‟ – „Ich wiege 140 Kilo.‟

Das musste ich erst mal verdauen.

„Und warum haben Sie mir das verschwiegen?‟ – „Ich wollte Sie unbedingt kennenlernen.‟ – „Und warum?‟

Es wird immer spannender. „Ich liebe russische Frauen. Sie sind anders als die Deutschen. Ich war schon einmal mit einer Russin verheiratet. Wir haben uns soooo geliiiebt...‟

Oje, was ist das denn, weint er etwa?

„Hallo, ist alles in Ordnung mit Ihnen?‟ Er schluchzte und schnaufte, und ich wusste nicht, was ich ihm sagen sollte. Vorsichtig begann ich: „Was ist mit Ihrer Frau passiert? Ist ihre Frau tot?‟ – „Sie hat mich verlaaaassen...‟

Ich atmete erleichtert auf, und erst jetzt merkte ich, dass mich meine Mutter die ganze Zeit beobachtet hatte und zu erraten versuchte, worum es geht. Ich zwinkerte ihr zu und drückte die Lautsprecher-Taste.

„Warum hat Ihre Frau Sie verlassen?", fragte ich etwas entspannter nach. „Nachdem sie ihren deutschen Pass bekommen hat, brauchte sie mich nicht mehr." Er putzte lautstark seine Nase und fuhr fort: „Ich habe ihr den Führerschein bezahlt. Mein Auto hat sie auch mitgenommen. Und alle unsere Wertsachen." Und wieder heulte er: „Wir haben uns so geliiiiebt!"

Es wurde immer amüsanter. Meine Mutter drückte ein Taschentuch vors Gesicht. Sie hatte Angst, das Lachen könnte sie überwältigen und unser unfreiwilliger Spaßvogel würde es hören. Wir wollten ihn doch nicht beleidigen.

„Wenn ihr euch soooo geliebt habt, warum ist sie dann gegangen? Was hat sie zum Abschied gesagt?", wollte ich wissen. „Sie hat gesagt, ich habe einen zu kleinen Penis..."

Wir konnten uns nicht mehr zurückhalten. Meine Mutter bog sich auf der Couch vor Lachen und ich auf dem Boden vorm Telefontisch. Den Hörer deckte ich mit der Hand zu. Es war nicht besonders nett, über sein Pech zu lachen. Ich konnte mir denken, wie verzweifelt er war und dass er sein Herz ausschütten wollte. Sein Anruf war ein Hilfeschrei und vielleicht auch ein Versuch, das letzte Zipfelchen des Vertrauens zu Frauen nicht zu verlieren.

Er liebt russische Frauen, hatte er gesagt. *Was erwartet er von mir?* Am liebsten hätte ich den Hörer aufgelegt. In dem Moment kam ich mir kalt und grausam vor. *Ihn jetzt in seinem Elend allein lassen? Komm schon,* schubste ich mich innerlich an. *Du solltest ihn aufmuntern.*

In diesem Moment sagte er, es läute bei ihm an der Tür, er müsse auflegen. Er versprach mir, sich am nächsten Tag bei mir zu melden. Erleichterung überflutete mich, wenigsten für den Moment.

Meine erste Begegnung mit meinem jetzigen Partner an einem kühlen Nachmittag ließ mein Herz sofort höherschlagen. Meine Tochter war schon von seiner Stimme begeistert gewesen und meinte, ich solle mich unbedingt mit ihm treffen. War es seine Erscheinung, mit Bart, in einem eleganten Mantel, oder einfach seine nette Art? Nach unserer Begrüßung plapperte ich unentwegt. Für den leckeren Kuchen, zu dem er mich eingeladen hatte, zeigte ich wenig Interesse. Als er meinen restlichen Kuchen aß, wusste ich, daraus wird mehr. Ich muss ihm wohl sehr sympathisch gewesen sein. Trotzdem überspielte ich meine Verlegenheit mit einem nicht enden wollenden Redefluss, bis er mich sanft in die Arme nahm und sagte: "Am liebsten würde ich deinen Mund verschließen!"

Verdutzt schaute ich ihn an. Und schon trafen sich unsere Lippen. Mir wurde siedend heiß. Was hat er, dass mich so überzeugt? Seine Selbstsicherheit oder die Gemeinsamkeiten mit meinem Vater? Hoffentlich gibt er sich nicht auch dem Alkohol hin, schoss es mir durch den Kopf. Inzwischen weiß ich es besser. Er genießt gerne ein, zwei Gläser Wein oder Bier. Aber nie mehr, als ihm gut tut. Heirats- und Bekanntschaftsanzeigen lesen wir immer noch ab und zu. Es gibt viel Interessantes dabei. Wie das hier zum Beispiel: 90jährige hat nur noch wenige Wochen zu leben. Welcher junge Mann verschönert mir die letzten Tage & erbt dafür mein Millionenvermögen? Ob sich jemand auf diese Anzeige gemeldet hat?

Selbstverteidigungskurs für Frauen

Spinnt meine Waage? Gerade mal ein halbes Jahr alt und schon kaputt! Anders kann ich mir schlecht vorstellen, warum sie inzwischen drei Kilo mehr anzeigt als bei ihrer Anschaffung. Die Waage zurückbringen kann ich nicht; ich finde den Kassenbon nicht mehr. Reparieren lohnt sich nicht. Ich frage meine Freundin, ob ich ihre Waage testen darf.

Doch dann ist die Katze aus dem Sack! Da habe ich doch tatsächlich in sechs Monaten drei Kilo zugenommen! Weihnachten, Ostern und Urlaub im Vier-Sterne-Hotel sind schuld daran. Jammern nützt da nichts. Von wegen! Mein Spiegelbild schreit mir ins Gesicht: TU WAS!

- - -

Ich suche im Internet nach „Diät" und werde förmlich erschlagen. Wer verzweifelt abnehmen will, kann schon auf seltsame Ideen kommen! Es gibt sogar eine Bandwurm-Diät. Die lieben Tierchen kann man in Kapseln kaufen, vorher sogar desinfiziert. Na, dann wird es wohl nicht so schlimm sein, sie zu verzehren. Ohne jegliches Risiko, sich zu infizieren! Eine Wunderpille aus Japan verspricht *Abnehmen ohne Mühe und Verzicht.* Ein Diät-Lippenstift soll's möglich machen, in kurzer Zeit rank und schlank zu werden. Der normale Menschenverstand sagt mir: Gesund ist das sicher nicht! Was mir bleibt, ist die klassische Methode: FDH und Sport. Widerwillig suche ich nach in der Nähe liegenden Fitnessstudios und kann nicht fassen, wie viele es gibt. Ich wurstele mich durch diesen Dschungel. Es wird *Bodyforming, Step/Bop, Zumba, Yoga* usw. angeboten. *Was ist das Richtige für mich?*

Dann fällt mir noch was auf: Fast alle Studios bewerben Frauen auch mit Selbstverteidigungskursen. Sie wollen ihnen angeblich helfen, mit Kampfsport aus der Opferrolle heraus zu kommen, sich auf der Straße sicherer zu fühlen. Die jüngsten Ereignisse in der Kölner Silvesternacht haben viele Geschäftsleute auf die Idee gebracht, die Angst der Frauen vor Grapschern und Belästigungen zu nutzen. Angst war ja schon immer ein lukratives Geschäft. *Soll ich da mitmachen?*

Nein, ich möchte mich nicht verteidigen, höchstens vor überschüssigen Pfunden. Außerdem bin ich zu alt dazu. Ich war schon als junges Mädchen nicht besonders mutig, ging betrunkenen, frechen und lauten Menschen aus dem Weg und beneidete meine Freundinnen, die sich zur Wehr setzten konnten. Besonders meine Freundin Gulli. Meine Gedanken schweifen zurück in die Vergangenheit.

Gulli kam aus Zentralasien in unseren kleinen, schnuckeligen Kurort am Schwarzen Meer, um in der Gastronomie Geld zu verdienen. Von Mai bis Ende Oktober war sie meine Kollegin. Sie war sehr hübsch und selbstbewusst.

Gulli hatte schwarze, mandelförmige Augen, eine Wespentaille und eine verführerische Oberweite, die sie recht offenherzig unter einer weißen Bluse kaum verbarg. Viele Männer himmelten sie an, doch sie lehnte alle Annäherungsversuche und Einladungen ab. Ob sie schlechte Erfahrungen mit Männern hatte oder lesbisch war, hat sie mir nicht verraten. In ihrer ersten Arbeitswoche war sie zurückhaltend und sprach nur das Nötigste. Aber eines Tages wandte sie sich plötzlich an mich: „Du gefällst mir. Willst du meine Freundin werden?" Wir wurden Freundinnen und erlebten einen wunderschönen Sommer.

Das Saisonende näherte sich, und wir alle waren traurig, dass wir bald Abschied nehmen sollten. Doch es passierte früher als erwartet. An diesem Abend gab es eine Varieté-Vorstellung. Wegen des überfüllten Lokals waren wir im Stress. Beim Servieren hatte ich den Gang zur Küche im Blick und konnte sehen, wie Gulli mit einem Stapel Teller zu ihren Gästen ging. Ein scheinbar angetrunkener junger Mann versperrte ihr den Weg. Plötzlich legte er seine Hände auf ihre Brüste.

„Tolle Möpse!", hörte ich ihn voller Begeisterung grölen. Gullis dunkle Augen schienen Feuer zu versprühen. Die Röte stieg ihr ins Gesicht. Aber sie sagte ganz ruhig: "Warte mal!", stellte den Tellerstapel auf den Tisch und drehte sich wieder zu ihm herum. Mit beiden Händen hob sie ihren engen, langen, schwarzen Rock hoch. Voller Erwartung schaute ihr der Grapscher zu.

Viel Zeit blieb ihm nicht, den Anblick zu genießen, denn im nächsten Augenblick traf ihn Gullis rechter Fuß am Kinn.

Wie ein nasser Sack fiel er nach hinten und blieb liegen. Alles ging so schnell, dass nur wenige den Vorfall mitbekamen.

Gulli strich ihren Rock wieder glatt und bückte sich zum Grapscher. Er bewegte sich nicht. Seine Kumpel reagierten in einer Weise, die uns alle überraschte. „Wow! Was ist das? Wo hast du das gelernt?" – „Jiu Jitsu oder so was Ähnliches", antwortete sie und stieß den Liegenden mit der Spitze ihrer Pumps an. Er öffnete seine trüben Augen und versuchte vergeblich, aufzustehen. Jemand rief den Krankenwagen. Mit einer Gehirnerschütterung wurde der Mann dann ins Krankenhaus eingeliefert. Gulli wurde auf der Stelle entlassen, zwei Wochen vor dem Vertragsende.

„Aber moralisch betrachtet, hat sie sich doch nur gewehrt!" versuchte ich sie zu verteidigen. „Moralisch werde ich es verkraften, aber wir sind hier nicht im Judo-Club!" wies der Chef mich zurück.

Später erzählte mir Gulli, sie stamme aus einer Nomadenfamilie und hätte acht Brüder. Diese hätten ihr Judo, Bogenschießen und Reiten beigebracht. „Ich hatte die Belästigungen und Grapschereien so satt! Jetzt geht's mir besser!", lachte sie.

- - -

Ich habe mich im Fitnessstudio ohne Kampfsport angemeldet. Denn am liebsten möchte ich mich nicht verteidigen müssen!

Nur meine lästigen Kilo loswerden.

Im Frühtau zu Berge wir zieh'n, fallera ...

„Ach, schau mal, Hotel Hohenfels lädt uns zu einer Verwöhnwoche im August ein. Sollen wir zwei Hübschen mal wieder Wanderurlaub machen?" Mein Mann scheint Feuer und Flamme zu ein. Er liebt die Berge, ganz besonders das Tannheimer Tal. Ich schweige. Wandern ist einfach nicht mein Ding. Unseren ersten Urlaub vor vielen Jahren verbrachten wir dort. Bis dahin wusste ich nicht einmal, was Wandern ist. Damals hatten wir ein kleines hübsches Hotel am Fuß eines Berges gebucht.

- - -

„Gleich morgen früh sollten wir einen schönen Spaziergang machen", schlägt mein Mann schon bei der Ankunft am Samstag vor. Sehnsüchtig schaut er dabei erst hoch zur Bergspitze, dann auf mich und fragt, ob ich ihn begleiten möchte. „Gerne!", stimme ich ihm leichtsinnig zu.

Am nächsten Morgen trällert er schon beim Rasieren:

Im Frühtau zu Berge wir zieh'n, fallera,

es grünen alle Wälder, alle Höh'n, fallera.

Wir wandern ohne Sorgen

singend in den Morgen,

noch ehe im Tale die Hähne kräh'n.

Er zieht sich sportlich an. Seine Füße stecken in klobigen Wanderschuhen. Ups, so was habe ich nicht dabei. Ich besitze so was nicht. Mein Mann schaut skeptisch meine Ausrüstung an. Jeans, ärmelloses Top und schicke weiße Lederturnschuhe.

Ich verstehe seine Skepsis nicht. Ich verstehe überhaupt nicht, warum wir uns sportlich anziehen sollen. Heute ist doch Sonntag. In meiner alten Heimat ist der Sonntag ein besonderer Tag. Man geht an solchen Tagen auch spazieren, aber wir nennen es promenieren. Schon am frühen Vormittag fangen wir an, uns fein zu machen. Locken werden gedreht und Nägel lackiert, unsere Sommerkleider gestärkt und gebügelt und die hochhackigen Schuhe poliert.

Gegen Mittag geht es dann los. Von einem Ende zum anderen flanieren wir die lange, mit Palmen und Zypressen gesäumte Promenade langsam entlang. Irgendwann wird in einem Café Rast gemacht und stundenlang Espresso geschlürft. Später bewundern wir im Park exotische Pflanzen und Tiere.

Abends wird in einem Restaurant gespeist, man genießt dabei Varietévorführungen, und danach geht es zum Tanzen. Gegen Mitternacht spazieren wir dann an den Strand, können dort endlich unsere zu klein gewordenen Schuhe ausziehen und kühlen die Füße im Meer. Der Strand ist voller Menschen, manche liegen eng umschlungen im

Sand. Wenn wir sie im Vorbeigehen anstoßen, reagieren sie kaum, so beschäftigt sind sie mit sich und der Liebe. Wenn die Nacht besonders warm ist, ziehen wir uns aus und stürzen uns ins Wasser. Das Meer ist zu der späten Stunde noch schön warm. Wir sind nackt, aber der Strand wird vom Mond nur spärlich beleuchtet, und wir scheuen uns nicht. Müde und glücklich fallen wir irgendwann ins Bett und freuen uns aufs nächste Wochenende.

Unser Sonntag im Tannheimer Tal entwickelt sich ganz anders. Kaum aus dem Hotel heraus geht es Richtung Berg.

„Das ist der Einstein, 1841 Meter hoch", liest mein Mann in einer Karte. „Schön", sage ich. Dass wir gleich den Berg besteigen sollen, ahne ich da noch nicht. Auch als mein Mann energisch bergauf steigt, bin ich immer noch gut gelaunt. Ich laufe tapfer mit.

Aber schon nach zehn Minuten Anstieg habe ich genug. Doch ich sehe die strammen Waden meines Mannes vor mir und verkneife es mir, zu klagen. Was tut Frau nicht alles aus Liebe. Nach weiteren zehn Minuten hören wir hinter uns laute Stimmen. Ein kleiner Junge, etwa fünf Jahre alt, geht brüllend und tobend an uns vorbei. Er trägt Wanderschuhe, Mütze und Sonnenbrille. Seine Eltern ziehen schweigend hinterher. „Na, Urlaub falsch gebucht?", grinst mein Mann. Wir bekommen keine Antwort, nur ein schiefes Lächeln.

Ich möchte meinem Mann am liebsten gestehen, dass es auch für mich der falsche Urlaub ist. Doch wieder verkneife ich es mir. Ich möchte meinem Mann imponieren. Also quäle ich mich weiter. Jetzt verstehe ich auch, warum meine

115

schicken Schuhe Skepsis bei ihm verursacht haben. Ich habe keinen Halt darin, sie rutschen auf dem losen Geröll weg, und ich muss mich sehr anstrengen. Immer wieder suche ich einen Grund, Pause zu machen. Durst, Mückenstich, Wasserdrang.

Irgendwann traue ich meinen Augen nicht. Unser kleiner Brüller steigt energisch vom Berg runter und zieht an mir vorbei. Ich kann nicht anders, ich frage ihn: „Was, du warst schon da oben?" Er nickt. Seiner Eltern sind jetzt sehr stolz auf ihn, das strahlt aus ihren Augen.

Ich werde sauer auf mich selbst. Was dieser kleine Knirps kann, kann ich auch! Als ich endlich oben am Gipfelkreuz ankomme, bin ich platt. Ich setze mich auf die Steine und glaube einfach nicht, dass ich es geschafft habe. Der Blick von hier oben ist überwältigend.

So gegen fünf Uhr zurück auf dem Weg ins Tal begegnet uns ein junges Paar. „Ihr möchtet doch jetzt nicht noch auf den Berg steigen?", fragt mein Mann. „Doch, sicher. Nach dem Feierabend brauchen wir das."

Verrückte Leute, denke ich.

- - -

Nein, Wandern ist wirklich nicht mein Ding. Ich schweige immer noch und schaue meinen Mann an. Pure Vorfreude strahlt mich an. Was soll ich ihm nur sagen?

Berufswunsch Rentner

Du bist die Beste! So ein Kompliment, wenn es von einem Mann kommt, macht jede Frau glücklich. Mich auch, selbst wenn es mein 11-jähriger Enkel ist. Er ist ein paar Tage bei uns zu Besuch, und seine Lieblingsbeschäftigung ist es, mit mir Schoppen zu gehen. In jedem Geschäft möchte er etwas haben.

„Oma darf ich das?", ruft er aus einer weit entfernten Ecke. Manchmal greift er wahllos nach irgendwelchem Kram, den ich sofort ablehne. Sekunden später hält er schon ein anderes Teil in den Händen. So geht es im Minutentakt. Er schafft es immer wieder, mich umzustimmen. „Oma, du bist die Beste!", drückt er mir ein Küsschen auf die Wange.

Diese Begeisterung und grenzenlose Liebe macht mich weich. Was sind schon ein paar Euro im Vergleich zu diesem Glücksgefühl. Zuhause legt er die Geschenke in die Schublade und den Rest des Tages beschäftigt ihn wieder seine virtuelle Welt.

Abends fordere ich ihn auf, sein Handy auszuschalten, "Wir haben etwas zu klären." Er ist gespannt, was das sein soll. Wir kramen alle seine Geschenke, die er während seines Aufenthalts bei uns erhalten hat, zusammen und rechnen aus, was das alles gekostet hat.

„Meinst du nicht, dass das viel zu teuer ist, um in der Schublade herum zu liegen?", frage ich. Er versteht das Problem nicht. „Warum? Du hast doch Geld, Oma!"

Jetzt bin ich aber baff. „Aha! Und woher habe ich das Geld? Ich arbeite doch nicht mehr und habe nur eine kleine Rente."

„Du hast doch die Karte von der Bank. Kannst dir immer wieder Geld holen", belehrt er mich.

Das habe ich doch schon mal von seinem älteren Bruder gehört. Er war damals vier. Wir fütterten die Enten im Volksgarten, als ein alter Mann auf einem elektrischen Rollstuhl an uns vorbei gefahren kam. „Das, das!", schrie mein Enkel und zeigte mit seinem kleinen schmutzigen Fingerchen hinterher. „Das möchte ich auch haben." Ich war sehr erstaunt. "Was willst du damit?" Er erklärte mir, dass er das ganz praktisch finde. "Wenn ich müde bin, dann brauche ich nur auf den Knopf zu drücken und kann nach Hause fahren." Ich war sehr verlegen. Wie sollte ich dem kleinen Knirps erklären, warum der alte Mann den Rollstuhl tatsächlich braucht.

Ich versuchte es mit einer einfachen Ausrede. „So etwas ist zu teuer." „Aber du hast doch Geld, Oma!", sagte er besser wissend. „Aha. Und woher?" – „Alle alten Leute haben Geld. Sie bekommen Rente." Ups, die Rente war also gleich Reichtum für ihn. „Alte Omi hat eine Karte von der Bank, und wenn wir einkaufen gehen, kauft sie mir alles, was ich will."

Das ist mir allerdings bekannt. Meine Mutter plündert mit ihrem Urenkel hemmungslos ihre Haushaltskasse, wenn sie nicht gebremst wird. Auf meine Vorwürfe winkt sie nur ab: "Die Kleinigkeit! Nicht der Rede wert!" Sie ist vernarrt in die Kleinen. In meiner Kindheit war sie nicht so verschwenderisch. Dabei hat sie nur eine kleine Rente.

Heute ist mein großer Enkel Fünfzehn. Er hat seine eigene Plastikkarte von der Bank und spart dort sein Taschengeld. Er träumt vom Manager-Beruf und dem ganz großen Geld. Mit Vierzehn probierte er beim Schoppen ein elegantes Sakko an.

Als ich ihn fragte, wo und wann er das anziehen wolle, antwortete er selbstbewusst: „In der Schule! Und außerdem, alle Manager tragen Sakko!", hängte er noch an. Dass er noch keiner ist, erwähnte ich nicht. Glücklicherweise gab es in seiner Größe kein Sakko, sonst hätte er mich wahrscheinlich überredet.

Inzwischen hat mein elfjähriger Enkel fleißig die Preise der Krimskrams-Geschenke addiert und ist total erstaunt. "Ganz schön viel, Oma!" Na, war doch meine Rede. Ich überlege mir, wie ich ihm das Sparen beibringen kann, damit er später, wenn er so alt ist, wie ich es heute bin, seinen Enkeln auch kleine Geschenke machen kann. Ich erkläre ihm, dass die Rente kein Geschenk ist, die monatlich von irgendwo her auf die Plastik-Karte überwiesen wird, sondern die Summe einer lebenslangen Arbeitsleistung.

„Ohne Fleiß kein Preis", beginne ich. Und dann versuche ich, ihm zu erklären, dass man zu allererst gute Schulnoten braucht, dann eine richtig gute Ausbildung und danach noch mindestens 45 Jahre Arbeit, wenn man später eine ausreichende Rente haben will – falls bis dahin das Rentenalter nicht noch weiter angehoben wird.

Er lauscht eine ganze Weile, dann fallen ihm die Augen zu. Fest drückt er sich an seine vielen Kuscheltiere, die um ihn herum liegen. Er lächelt im Schlaf. Träumt er von einer Bankkarte, die ihm alle seine Wünsche erfüllen kann? Ich decke sein nacktes Bein zu und schalte das Licht aus.

Einkaufen mit Enkel

Mein Enkel kommt zu Besuch. Er ist erst dreizehn, aber schon einen halben Kopf größer als ich. Über seiner Oberlippe zeichnet sich bereits ein dunkles Bärtchen ab. Bald wird er sich rasieren müssen. Seine dichten Haare sind kurz geschnitten und gestylt.

Am liebsten würde ich ihn ein bisschen knuddeln, wie früher, doch er kommt mir so erwachsen vor. Ich lasse es einfach beim Küsschen. Wir gehen die Einkaufsmeile entlang. Seine Schuhe sehen ramponiert aus. Ich möchte ihm neue kaufen. Im Geschäft zeigt mein Enkel kein Interesse. Ich zeige ihm schicke Turnschuhe, die meiner Meinung nach viel besser und gesünder aussehen als seine. Er schüttelt den Kopf. Nein, die gefallen ihm nicht. Ich wühle weiter, doch er zeigt immer noch kein Interesse. Seine Hände stecken in den Hosentaschen, seinen Mund umspielt ein Lächeln, das ich nicht definieren kann. Doch plötzlich verstehe ich, mein Geschmack ist nicht der richtige für ihn. Ich frage: "Welche Schuhe gefallen dir? Ich will sie dir gerne kaufen."

„Ach, Oma", lächelt er weiter. „Was mir gefällt, wirst du mir nicht kaufen." – „Woher weißt du das? Sind sie sehr teuer?" – „Nein, das nicht, aber du hältst von solchen Schuhen nichts." – „Und wieso nicht? Zeig sie mir doch einfach mal!"

Er geht mit mir zu einem Regal mit Chucks, und endlich nimmt er seine Hände aus den Taschen. Tja, da hat er recht, von diesen Schuhen halte ich nicht viel. Flache dünne Sohle aus Gummi, Obermaterial wahrscheinlich nicht einmal wasserdicht. Von richtigem Fußbett ganz zu schweigen.

Doch ich sehe seine strahlenden Augen. Ich hole tief Luft. „Probier mal, welche Größe brauchst du?" – „Echt?" Er glaubt es noch nicht.

Die Verkäuferin eilt zu uns. Es passt nicht sofort. Aber irgendwann steht er vor uns und lächelt glücklich. Die Verkäuferin freut sich auch. Sie zwinkert ihm verschwörerisch zu, läuft nach hinten und bringt ein weißes T-Shirt. „Ist das etwas für dich?", fragt sie und hält ein T-Shirt mit dem Druck *Wir sind Weltmeister 2014* hoch.

Phillip probiert es an. Ich bin skeptisch: „So ein weißes T-Shirt wird schnell schmuddelig. Wollen wir nicht eine andere Farbe nehmen?" Außerdem verstehe ich nicht, warum dieses T-Shirt stolze 25 Euro kosten soll. Daneben hängen welche ohne Weltmeisteraufdruck für 9,99 €.

Die Verkäuferin schaut mich seltsam an und wechselt einen Blick mit Phillip. In diesem Moment verstehe ich. *Ich bin die uncoolste Oma der Welt!* Ohne weitere Worte öffne ich mein Portemonnaie.

Draußen wartet meine Tochter. Die neuen Schuhe sind nicht zu übersehen. „Du hältst doch von solchen Schuhen nichts!", schaut sie mich skeptisch an. „Tu ich auch nicht, aber bevor ich welche kaufe, die er nicht tragen will ...

" Mein Enkel geht vor uns her, und es fällt mir auf, sein Gang ist jetzt anders als zuvor, leichter, aufrechter. Auch sein Spiegelbild im Schaufenster gefällt ihm scheinbar besser.

Im Internet zuhause

Gestern stieß ich auf ein Forum im Internet, in dem es um Geschenke für Kinder geht. Laut Statistik geben Deutsche zu Weihnachten im Schnitt 360 Euro für Geschenke aus. Mehrere Mitglieder schrieben, dass sie mindestens 200 Euro pro Kind ausgeben. Dazu kommen dann noch beachtliche Beträge von Großeltern.

Das hat mich etwas irritiert. Es ist für mich sowieso schon jedes Mal eine Herausforderung, das richtige Geschenk zu finden, denn mit einem falschen kann man einem Kind das Fest vermiesen. Kleidung wie Pullover, Hose oder Kleid sollen schließlich nicht nur passen, sondern auch gefallen. Die Kinder müssen sich darin wohl fühlen. Und allzu teuer sollte es auch nicht sein ...

Wie oft hörte ich schon: „In unserer Familie schenken wir Erwachsenen uns gegenseitig schon lange nichts mehr. Aber die Kinder erwarten jedes Jahr ein cooles Geschenk." „Was heißt cool", frage ich meinen elfjährigen Enkelsohn. Er nennt mir auf Anhieb Dutzend Sachen, die er cool findet. Wenn ich ihn nicht unterbreche, redet er minutenlang. „Stopp", rufe ich. Ich habe verstanden. Zuhause beginne ich mit Recherchen, welches Geschenk ihm gefallen könnte. Wenn er bloß ein Mädchen wäre! Es gibt so schicke Klamotten, Schminke, Schmuck. Da gibt es eine wunderschöne Spieluhr, dort Dutzende CD's von Lieblingssängerinnen.

Ich klicke die Seite *Jungs* an und werde von Angeboten erschlagen, unterteilt in Technik, Sport, Romantik, Retro und so weiter und so weiter. Ich tippe aufs Feld *Technik* und vorsichtshalber auf *Preis: 10 bis 50 Euro.* Und als erstes sehe ich ein ferngesteuertes Auto für nur 39,00 Euro. Das Auto kann Wände und Decken in eine Rennstrecke verwandeln. Toll! Das muss einen Riesenspaß machen!

Doch vor meinen Augen sehe ich das Gesicht meiner Tochter, wie sie sich die Ohren zuhält und in die Küche flüchtet, um dem Krach zu entfliehen. Ich gebe auf. Ein Kartenspiel wäre nicht schlecht. Dann kann die ganze Familie Spaß haben. *Klugscheißer* zum Beispiel. Oder lieber eine Dose mit *Pechkeksen*? Klingt lustig. Eine *Experimentierbox mit Mikroskop* hat er schon letztes Jahr bekommen. Damit hatte er viel Spaß! Sogar ein Video hat er aufgenommen und es bei YouTube eingestellt. Ich gestehe, ich war sehr stolz auf ihn. Danach wollte er beruflich *YouTuber* werden. Er lief mit seinem Handy herum und interviewte alle möglichen Leute, stellte komische Fragen, und wenn er nicht gebremst worden wäre, hätte er die Videos im Internet online gestellt.

Der „Rentnerberuf" lockt ihn nicht mehr. Er hat erkannt, mit der Rente kann man sich in Zukunft nicht viel leisten. Dafür erzählt er mir von den erfolgreichen YouTubern im Netz, manche sind sogar nicht älter als er.

„Kennst du Luca, Oma? Der sieht cool aus und macht lustige Videos. Und Kelly ist auch easy, hübsch und lustig.

Und Julien Bam sieht mega aus, tanzt krass gut und macht nice Videos."

Ups, wer ist *Luca*? Und was ist *easy*? Macht mir Deutsch nicht schon genug Probleme? Soll ich mich nun auch noch mit Englisch herumschlagen? Ich stöbere weiter und suche nach den so genannten coolen Geschenken für mein Enkelkind. Irgendwann stoße ich auf die Seite mit Bausätzen. *Der kleine Hacker-Roboter*? Man muss ihn selbst zusammenbauen und programmieren. Aber sind Hacker nicht die Bösen, die jeden Code entschlüsseln und in Computer eindringen können? Computerwürmer nisten sich in Systemen ein, zum Beispiel bei einer Bank, um Geld vom Konto des ahnungslosen Kunden auf die Konten der Hacker zu überweisen. Das habe ich schon oft gelesen. Jede Woche sorgen kriminelle Hacker für Schlagzeilen. Sie sollen Medienberichten nach sogar die US-Präsidentenwahl manipuliert haben. Ob wir ihnen den Trump zu verdanken haben? Im deutschen Bundestag sind die Politiker auch schon ganz aufgeregt, weil dort auch schon das System lahmgelegt worden ist.

Bei unserem nächsten Treffen frage ich meinen Enkel, was er sich wünscht. „Wäre ein Hacker-Roboter nach deinem Geschmack?" „Cool, Oma! Ich möchte doch selbst Hacker werden." Was? Mir verschlägt es die Sprache. „Das sind doch Kriminelle", entgegne ich ihm. Vorsichtig schaue ich mich um, ob uns auch keiner hört. Der kleine Besserwisser lacht: „Das lernt man an der Uni, Oma!" Was? Ich möchte es genau wissen. Werde ich hier etwa veräppelt?

Ich google.

Tatsächlich, ein Semester lang lernen angehende Informatik Spezialisten an der Ruhr-Universität Bochum, wie sie Passwörter knacken, Sicherheitslücken ausnutzen und fremde Konten kapern. Ein Rollentausch vom Studenten zum Computerknacker. Es gibt inzwischen mehr als zehn Hochschulen in Deutschland, die IT-Kurse anbieten, in denen Studenten Hacker-Methoden lernen können. Verkehrte Welt?

Aber es stimmt schon, was mein Enkelkind sagt. Mit dem Hacken von IT-Systemen lässt sich gutes Geld verdienen. Ganz legal.

Und spannend ist es auch. Ein Traumjob eben. Ich stöbere weiter.

Irgendwann lese ich in einem Forum: *Hunderte, wenn nicht gar Tausende Euro durch Konsumzwang bedingte Geschenke landen erst im Kinderzimmer und später im Müll!*

Fest entschlossen bastele ich eine Weihnachtskarte, stecke 20 Euro hinein und klebe zu. Wie unromantisch, fantasielos! Ein bisschen schäme ich mich dafür. Und in vier Wochen hat er seinen 12. Geburtstag! Was schenke ich bloß?

Wer hat die Bank geklaut?

Vorgestern stand sie noch da! Die Bank, die meine Mutter so liebt. Vier alte Damen aus naheliegenden Seniorenheimen saßen dort plaudernd in den warmen Sonnenstrahlen. Ich hatte schon überlegt, ob ich mich dazu setzen solle. Richtig neidisch war ich auf die Ausgelassenheit und das fröhliche Lachen.

Und gestern war plötzlich die Bank weg!

Keine kleine Pause mehr mit meiner Mutter auf ihrer Lieblingsbank, wenn es ihr bei unseren Spaziergängen nach einem ungestörten Plätzchen zumute ist. Und wo sollen die alten Damen sich wieder treffen? Wer hat die Bank geklaut? Waren sie zu laut, die Senioren? Waren sie jemandem lästig? Sie sind ja überhaupt lästig – zu langsam, wenn sie die Zebrastreifen überqueren, auch wenn sie an der Supermarktkasse ihr Kleingeld suchen, und im Straßenverkehr, wenn sie zögerlich vor uns hinschleichen? Passen sie überhaupt noch in unsere heutige hektische Welt?

Ja, Senioren kommen langsam in Verruf. Wann hat das eigentlich angefangen?

2008 berichtete die Nürnberger Tageszeitung: *Immer mehr Senioren geraten auf die schiefe Bahn.* Lebensmittel, eine Bratpfanne – Senioren klauen für den Eigenbedarf. Mit drei Verhandlungen seit vier Jahren gehört auch die 78-jährige

Elisabeth M. zu den Stammgästen bei Gericht. Obendrein erinnert sich Amtsrichter Bernd Held schon allein deshalb an die Frau, weil sie ihre Karriere als Ladendiebin erst im 72-sten Lebensjahr begann. Sie landet immer wieder bei ihm, weil sie in einem Feinkostgeschäft in der Innenstadt oft Käse, Wurst und Oliven an der Kasse vorbei trägt. „Ich werde Sie in Ihrem Alter nicht ins Gefängnis schicken", sagte Richter Held auch beim letzten Mal – und brummte ihr eine Geldstrafe auf.

Das trifft sie, schließlich gibt sie als Motiv für ihre Diebestouren die geringe Rente an.

Vor kurzem wurde in unserer näheren Umgebung ein Lebensmittelgeschäft geschlossen. Viele Menschen bedauern die Schließung. Die Geschäftsleitung rechtfertigte die Entscheidung mit der Aussage, die Senioren hätten das Geschäft ruiniert. Sie hätten geklaut! In unserer Gemeinde ist jeder dritte Einwohner älter als 60 Jahre, jeder zehnte sogar über 80. Dementsprechend gibt es dort viele Seniorenheime und Betreutes Wohnen. Die alten Leute dort ermöglichen etliche Jobs und zahlen ca. 2.500 Euro im Monat pro Kopf. Und diese Menschen sollen das Geschäft ruiniert haben?

Glücklicherweise gibt es noch einige andere Geschäfte in der Nähe. Die dort Beschäftigten müssen jetzt aber sehr aufpassen: Schließlich sind ja Seniorendiebe unterwegs! Natürlich machen die weiter! Denn sie gehören ganz offenbar nicht zu den Wohlhabendsten im Lande und räubern die Läden aus!

Nun ist diese Denkweise – dem Himmel sei Dank – noch kein Allgemeingut. Aber nachdenklich macht sie mich schon. Auch in diesem Jahr wurde die Rente in den neuen Bundesländern nur um 2,53 % erhöht. Bei den Rentnern in den alten Bundesländern steigt das Altersgeld sogar nur um 1,67 %. Das bedeutet z. B. bei einer Monatsrente von 1.200 Euro gerade mal einen Aufschlag von 30,36 Euro (Ost) und 20,04 Euro (West) brutto, abzüglich Kranken- und Pflegeversicherung. Vom „Anstieg" in der Mütterrente ganz zu schweigen: Frauen, die als Witwe eine Hinterbliebenenrente bekommen oder wegen ihrer geringen Rente auf staatliche Grundsicherung angewiesen sind, müssen ihre neuen Ansprüche aus der Mütterrente auf ihre bisherigen Bezüge anrechnen lassen.

Glücklich die Paare, die zusammen alt werden. Sie sind viel aktiver, sie kümmern sich umeinander, das gemeinsame Essen schmeckt besser. Wenn ich solche Paare Händchen haltend in der Fußgängerzone sehe, rührt es mich an.

Doch es gibt viele alte Menschen, die einsam sind. Der Partner ist gestorben, die Kinder sind weit weg. Man hat niemanden zum Reden. Viele versuchen, wenigstens beim Einkaufen unter die Leute zu kommen. Sie tapern von einem Regal zum anderen, suchen das Gespräch. So verweilen sie länger als nötig im Laden. Zuhause fällt ihnen die Decke auf den Kopf. Im Fernsehen läuft zum 99sten.Mal *Die Bergretter, Der Landarzt, Der Winzerkönig* oder *Der Bergdoktor. Der Bergdoktor, der ist gut! Schöne Gegend, schöne Menschen, spannende Schicksale.* Doch als der Priester Gruber mit seiner heimlichen Freundin ein Kind zeugt...? Nun ja, sie wissen schon, wenn im Fernsehen nach einem Familienersatz gesucht wird.

Ich schreibe diese Zeilen und werde sehr traurig. Meine Mutter wohnt dem geschlossenen Geschäft gegenüber. Oft hat sie hier eingekauft. Als sie die Vorwürfe gehört hat, war sie entsetzt. Von einer Strafanzeige hat sie nie etwas gehört. Wurde je ein Dieb überführt? Oder waren die Beschuldigungen reine Mutmaßungen?
Die Pauschalisierung, *Die Senioren haben geklaut!*, fand sie beleidigend. „Ich gehöre auch zum Kreis der Senioren", meinte sie. „Stehe ich auch unter Verdacht?"
Und als nun auch noch die Bank weg war, meinte sie, das werde bestimmt wieder den Senioren in die Schuhe geschoben. „Werden wir Alten langsam zu Sündenböcken für alles Mögliche?"

Hoffentlich hat sie unrecht mit dieser Befürchtung, denn wohin soll das führen, wenn die Alten keinen geachteten Platz mehr in der Gesellschaft haben? Keiner hat vor, jung zu sterben. Wir sollten die goldene Regel nicht vergessen: *Was du nicht willst, das man dir tu', das füg auch keinem andern zu!*

Gut, dass heute Morgen wenigstens die Bank genauso plötzlich wieder da war, wie sie zwei Tage vorher verschwunden ist.

Zu jung für einen Rollator

Die neue Freiheit hat vier Räder und heißt Rollator. Diesen Presseartikel habe ich vor einiger Zeit in der Frankfurter Allgemeine Zeitung gelesen. Der Rollator ist das Erfolgsmobil der alternden Gesellschaft. Er wurde 1978 von der Schwedin Aina Wifalk erfunden, die aufgrund einer Kinderlähmung gehbehindert war.

Seit Anfang 1990 ist die Gehhilfe auch in Deutschland verbreitete. Laut Statistik wurden seit 2007 über 500.000 Rollatoren verkauft. Wer ihn braucht, hat die Qual der Wahl. Gute kosten etwa 290 bis 390 Euro.

Die Krankenkassen zahlen meist nur ein einfaches Standardmodell. Wer einen höherwertigen Rollator wünscht, muss die Differenz selbst übernehmen. Je nach Modell und Kassenleistung macht das zwischen 100 und 300 Euro Eigenanteil aus. Nur in Einzelfällen – zum Beispiel bei schwerer Atemnot, Muskel- oder Gelenkerkrankungen – tragen die Krankenkassen die Kosten für besonders leichte Rollatoren. Das muss der Arzt detailliert auf der Verordnung vermerken und begründen.

Meine Mutter hat seit einigen Wochen Schmerzen in der Hüfte. Diverse Salben helfen nicht, Schmerzmittel will sie der Abhängigkeitsgefahr(!) wegen nicht einnehmen. Ich bin am Ende mit meinem Latein und empfehle ihr, einen Rollator auszuprobieren. Nein, mit so einem Ding laufen, das will sie nicht. Sie habe viele alte Menschen mit blauen Flecken im Gesicht und Bein- oder Schulterbruch gesehen, kontert sie. Bei denen habe der Rollator als Hilfe versagt.

Wir gehen zum Arzt. Die Ärztin verschreibt Krankengymnastik und schickt meine Mutter zum Röntgen. „Was für eine Zeitverschwendung", beschwert sich meine Mutter bei mir. „Ist doch klar, dass in meinem Alter alles Mögliche kaputt ist, auch die Hüfte. Sie ist einfach müde geworden mit den Jahren!"

Die Ärztin möchte meine Mutter von den Vorteilen eines Rollators überzeugen. Aber die bleibt stur und wehrt sich so energisch, dass die Ärztin schließlich sagt: „Ich sehe schon, sie sind zu jung für einen Rollator."

Meine Mutter ist 97.

Bei mir fängt es auch an ...

Jesus ist tot, Marx ist tot –

und ich fühle mich heute auch nicht ganz wohl!

Eugene Ionesco

Sonntags beim Kaffeetrinken reden wir über kleine Wehwehchen, die bei dem regnerischen Wetter zu spüren sind. Ich beklage mich über Arthrose in meinen Händen. Ob es Gicht, Arthritis oder Arthrose ist, weiß ich nicht. Ich kenne den Unterschied nicht. Dass die zehn Kilo Übergewicht, Krankheiten und nicht genügend Sport Auslöser sein können, leuchtet mir ein. Mein Mann zeigt seine Hände. An mehreren Fingergelenken sind kleine Knoten. Vor allem morgens nach dem Aufwachen sind die Finger steif und schmerzen. Beugung und Streckung sind eingeschränkt. Schon Mitte Dreißig wurden bei ihm Verschleißerscheinungen feststellt. Seine Mutter hatte die gleichen Probleme. Ihre Gelenke waren äußerlich verändert und verformt. Scheint eine familiäre Veranlagung zu sein. Meine Mutter hört uns aufmerksam zu. Dann streckt sie ihre Hände, zeigt geringfügige Verdickungen am kleinem Finger und sagt betrübt: „Bei mir fängt es auch schon an." Wie oben schon einmal angemerkt: Meine Mutter ist 97.

Abschied

Wir hatten uns eine Woche Urlaub in den Bergen gegönnt. Es gab dieses Jahr zwar keinen Schnee, doch Wandern und die Höhenluft taten uns gut. Ich kam erholt und in bester Stimmung nach Hause. Als Erstes griff ich zum Telefon, um meine Mutter anzurufen. Ich wollte nachfragen, ob alles gut sei bei ihr. Doch plötzlich fällt es mir wieder ein: Mama ist ja tot!

Wie konnte ich es in dieser kurzen Zeit vergessen! Sie kann mir nicht antworten. Und ich kann ihr nicht von meinem Urlaub erzählen. Absolute Leere verbreitet sich in mir. Mit dem Taschentuch drücke ich mir den Mund zu, um nicht zu schreien. Ich möchte meinen Mann nicht erschrecken. Doch diese Unerreichbarkeit ist unerträglich.

Ich fühle mich einsam, hilflos und verlassen.

Sie ist von uns gegangen. Hat ihren hundertsten Geburtstag knapp verpasst. Damit hat keiner von uns gerechnet. Mit 84 hatte sie einen Herzinfarkt. An viele Schläuche angeschlossen lag sie da und teilte mir seelenruhig mit, dass ich mich gefälligst damit abfinden solle, dass sie bald geht. Bis dahin war sie jahrelang nicht mal zu einer ärztlichen Untersuchung gegangen. Später verriet sie mir, dass der behandelnde Arzt ihr prophezeit hatte, dass sie die Treppe zu ihrer Wohnung im zweiten Obergeschoss wohl nicht mehr schaffen würde. Das würde ihr Herz nicht mehr mitmachen.

Sie schaffte es noch 10 Jahre.

Danach ließen die Kräfte nach. Nach und nach übernahm ich das Putzen, Waschen und andere Aufgaben. Aber sie hat immer selbst entschieden, was zu tun war und wie. Jeden Tag war ich bei ihr im Seniorenresidenz. Ich fühlte mich verpflichtet und wollte nicht einfach in Urlaub fahren, ohne alles geregelt zu haben. Und wenn ich mal weiter weg war, rief ich sie so oft wie möglich an.

Aber es war keine Last für mich. Einmal sprach mich eine Nachbarin an, als ich mit meiner Mutter die Wohnung verließ. „Es ist sicher nicht einfach für Sie, Tag für Tag für Ihre Mutter da zu sein – kein eigenes Leben!" Ich blieb stehen. Der Gedanke, dass meine Mutter mir mein eigenes Leben raubt, meine restliche Zeit, war mir nie in Sinn gekommen. Ich stutzte, wusste erst nicht, was ich darauf sagen sollte. *Kein eigenes Leben? Ich bin auch nicht mehr die Jüngste. Natürlich könnte ich etwas Anderes unternehmen, statt so viel Zeit mit meiner Mutter zu verbringen. Aber will ich das denn?* Die Gesprächspause dauerte vielleicht einen Moment zu lange, meine Überlegungen waren zu offensichtlich. Als ich mich zu meiner Mutter umdrehte, sah ich Angst in ihren Augen.

Ihr Kopf war zwischen die Schultern gezogen, ihre Hand, die den Gehstock umfasste, zitterte ein bisschen. Mir wurde warm ums Herz. Da war es wieder ganz stark, das Gefühl der Dankbarkeit für all das, was sie für mich getan hat, und die Freude darüber, sie noch bei mir zu haben.

Mit einem Lächeln wandte ich mich wieder der Frau zu: „Ach Frau K., Sie glauben ja gar nicht, wie viel Spaß wir beide haben. Wir genießen es richtig. Erst Schoppen, dann gemütlich Kaffee trinken. Und wir haben uns so viel zu erzählen!"

Als ich mich wieder zu meiner Mutter umdrehte, sah ich, wie die Angst aus ihren Augen wich, sie wurden feucht vor Liebe, vor Stolz, vor Dankbarkeit. Tief atmete sie auf und entspannte sich wieder. Mir wurde ganz warm ums Herz. Und die Zeit mit ihr wurde zum Geschenk.

Unterwegs erzählte sie mir, dass der Arzt sie vor Kaffee gewarnt habe. „Koffeinfreien soll ich trinken! Aber den habe ich in meiner Kindheit genug getrunken. Damals hatten wir diesen scheußlichen Muckefuck. Und das auch nur am Sonntag mit viel Milch. Jetzt möchte ich richtigen Kaffee trinken." Ich verstand sie.

Mit Sechzig hat sie den Espresso für sich entdeckt. Den mochte sie auch mit über Neunzig nicht vermissen. Doch alleine Kaffee zu trinken, das machte ihr keinen Spaß. Sie liebte Gesellschaft. Zwei- bis dreimal die Woche ging sie aus. Mit mir machte sie Ausflüge in die Stadt. Das waren besondere Tage für sie. Erstmal Auto fahren, dann das Notwendige einkaufen, dann Schoppen. Sie taperte von Regal zu Regal, fasste viele Packungen an, drehte sie rundum, las die Beschreibung halblaut und stellte die Waren kopfschüttelnd wieder ins Regal. „Was es heute alles gibt! Wenn ich das früher hätte haben können! Jetzt ist es zu spät."

Mir schnürte es die Kehle zu. Ich schaute dieser kleinen, zarten, fast hundertjährigen, weißhaarigen Frau zu und gab ihr recht. Es ist vieles zu spät für sie. Oft hatte ich einen Kloß im Hals, wenn ich heuchlerisch verneinte: „Ach was, es ist nie zu spät."

Beim Schoppen ging sie Kleiderreihen durch, rieb den Stoff zwischen ihren dünnen Fingern und sagte abschätzig: „Keine Wolle." Ja, Wolle ist gesund, sie wärmt. Alte Menschen frieren so oft.

Ich versuchte, sie zu guter Kleidung zu überreden. Sie probierte gerne, doch wenn sie den Preis sah, schreckte sie zurück: „Zu teuer." Später versteckte ich die Preisschilder und rief fröhlich: „Das steht dir aber gut! Das nehmen wir!" „Meinst du, es lohnt noch?", fragte sie regelmäßig und betrachtete schmunzelnd ihr Spiegelbild. Dabei dachte sie wahrscheinlich daran, wie ihre Mitbewohner sie mit dem neuen Stück bewundern würden. Sie war sehr beliebt im Hause. Es ist ein Haus mit Betreuung. Alle, die da wohnen, sind auf fremde Hilfe angewiesen. Da stand meine Mutter ein bisschen besser da als die Kinderlosen. Sie hatte mich. Und das ist viel wichtiger, als mehr Rente oder teure Möbel zu haben. Denn durch mich kam sie in den Genuss, ins Grüne zu fahren und in Boutiquen einkaufen zu können. Mit einem Rollator und per Bus wäre das zu weit und zu umständlich gewesen.

Sie genoss das. Vor allem das Schoppen. Jede Bluse, jeder Pullover wurde genau betrachtet und bewundert. Das waren Sternstunden für sie. Das war ihr wichtig. Ihr Leben lang hatte sie das nicht gehabt. Und viele ihrer jetzigen Nachbarinnen hatten im Luxus gelebt. Urlaub in Italien und Österreich, Pelzmäntel, Autos, Häuser in bester Lage. So was vermisste meine Mutter nicht. Doch nun bekam sie mit meiner Hilfe moderne Kleider. Auch ihre Sehnsucht nach Plissee-Röcken war gestillt – ihre Jugendträume wurden wahr. Endlich besaß sie um ein Dutzend solcher Röcke in verschiedenen Farben. Endlich konnte auch sie punkten. Die schicken Kleider ihrer Nachbarinnen hatten den Glanz verloren.

Auch ihr ausgezeichnetes Gedächtnis, ihre Fähigkeit zu erzählen kam nun zutage. Sie zitierte Gedichte, die sie in der Grundschule gelernt hatte, sie spielte *Mensch ärgere dich nicht* ausgezeichnet, konnte gut singen. Und sie hatte mich, die sie jeden Tag besuchte. Sie wurde beneidet und gelobt. Die kleine Halbweise, die ihr Leben lang geschubst, erniedrigt und ausgenutzt worden war, jetzt stand sie im Mittelpunkt.

Zu spät. Viel zu spät. Die Zeit lief ihr weg. Ich beobachtete sie und immer wieder wurde mir schwer ums Herz. Ich drückte sie vorsichtig an meine Brust. Sie war so klein, so zierlich geworden. Geschrumpft um mehrere Zentimeter und etliche Kilo.

Als sie so alt war, wie ich jetzt bin, war sie kräftig, schnell. Sie hatte nie Zeit, sich im Spiegel zu betrachten. Immer werkelte sie im Garten und im Stall, Winter und Sommer. Immer ein Kopftuch unter dem Kinn nach hinten geschlungen und geknotet. Ich habe ihre wunderschönen kastanienbraunen Haare damals nur selten gesehen, wenn sie

sie wusch und in der Sonne trocknen ließ. Sie leuchteten rötlich und fühlten sich weich und geschmeidig an. Meine Mutter hatte ihr geheimes Pflegerezept. Regenwasser mit ein paar Tropfen Essig. Auch die Haare meiner Kindheit rochen stets nach Essig. Jeden Morgen wurden sie gebürstet und zu Zöpfen geflochten. Sie waren rotblond und reichten bis zu meiner Taille. Wie stolz war sie auf meine Haare. Mit Fünfzehn ließ ich heimlich meine Haare schneiden und zwar radikal kurz. Meine Mutter war sehr enttäuscht darüber und konnte mir sehr lange nicht verzeihen. Sie bestrafte mich wochenlang mit ihrem Schweigen.

Ich hatte ihr weh getan. Und dieses schlechte Gewissen hat mich sehr lange belastet. Als ich mit 58 durch die Chemotherapie meine Haare verlor, habe ich meiner Familie verboten, meiner Mutter auch nur irgendetwas über meine Krankheit zu erzählen. Die Perücke war so gut, dass sie es nicht merkte. Ob ich unbewusst meinen Fehler von damals wieder gut machen wollte? Sie war ja während meiner Krebsbehandlung schon 93. Beide konnten wir nicht damit rechnen, noch fünf schöne Jahre miteinander verleben zu dürfen.

Welcher Schutzengel hat ihr geholfen, die sibirische Kälte, Arbeit bis zum Umfallen, Krankheiten und Verluste zu überstehen? Im ersten Weltkrieg geboren, im zweiten vier Jahre Zwangsarbeit geleistet, ihre große Liebe verloren, gehungert, gebangt, gefügt und überlebt. Sie war doch noch jung damals. Was war mit ihren Gefühlen, sexuellen Bedürfnissen? Ihr wurde die Jugend genommen. Ich weiß von ihr, dass allen zwangsverpflichteten Frauen während des

Krieges heimlich Hormone verabreicht wurden, damit sie nicht schwanger wurden. Sie wunderten sich nur, dass ihre Tage ausblieben, aber sie glaubten, es wären Mangelerscheinungen wegen des Hungers.

Das alles ging mir besonders dann durch den Kopf, wenn ich ihr beim Duschen half. Schmaler Rücken, hängende Brüste, dünne Beine. Doch sie lachte vergnügt. Noch ging es ihr gut, noch genoss sie die Zeit. Und wir hatten viel gute Zeit. Bis zu einem Tag im Februar.

Morgens um sechs Uhr ruft sie uns an und beklagt kurzatmig, dass sie kaum Luft kriegt. Seit zwei Uhr nachts sitze sie in ihrem Sessel, die Balkontür weit offen, und versuche, nicht zu ersticken. Ich bekomme Panik. Wenn meine Mutter sich entscheidet, bei uns anzurufen, dann muss es ihr elend gehen. In weniger als zehn Minuten bin ich bei ihr. Als ich sie sehe, dieses kleine Häufchen Elend, im Nachthemd, mit zerzaustem Haar und Augen voller Angst, rutscht mir heraus: „Mensch, Mama! Was ist denn los?" Ich möchte fluchen, schreien und am liebsten weglaufen, weil ich selbst Angst habe. Doch einer muss stark sein. Wer, wenn nicht ich?

Wahrscheinlich spürt meine Mutter, dass auch ich Angst habe. Sie möchte freiwillig ins Krankenhaus eingeliefert werden. Ich reiße mich zusammen und packe ihre Tasche.

Sechs bis sieben Stunden sitze ich Tag für Tag an Mutters Bett und halte ihre Hand. Immer wieder hat sie Atembeschwerden, ihr Blutdruck springt hoch und gleich rutscht er wieder herunter. Von einer Untersuchung zur anderen wird sie gebracht, doch was sie wirklich hat, wissen sie bis zum Schluss nicht.

Ich kann ihr nicht helfen. Kleinigkeiten wie eine leichte Daunendecke statt der schweren, verwaschenen Baumwolldecke erleichtern ihren Zustand ein wenig. Als eine Schwester sie so sieht, eingebettet in kuscheliger Wäsche auf ihrem Gesundheitskissen, scherzt sie: „So würde ich es hier auch ein paar Tage aushalten!" Meine Mutter schaut mich an, lächelt schwach und schenkt mir einen dankbaren Blick.

Dabei bin ich so dankbar, dass ich sie diese lange Zeit bei mir haben durfte. Gerade in den letzten schweren Tagen ist es mir besonders deutlich geworden: Meine Mutter war ein Geschenk für mich.

Häppi Bösdey

Wenn ich ganz ehrlich bin, brauche ich das Ganze überhaupt nicht, die Geburtstagsfeier. Als ich 90 wurde, habe ich aufgehört, die Jahre zu zählen. Es kann nicht mehr lange dauern, da bist du im Jenseits und brauchst keinen Geburtstag mehr zu feiern, dachte ich. Ich mag das ganze Drumherum nicht, Gratulation und Blumensträuße.

In meiner kleinen Wohnung habe ich keinen Platz für so viele Blumen. Mein Enkel schickt mir jedes Jahr einen riesigen Blumenstrauß per Post aus Norddeutschland. In einem Karton. Der Karton ist so groß wie ein Schuhschrank. Bis ich den ausgepackt habe, bin ich platt. Und eine so große passende Vase habe ich gar nicht. Die hätte er mitschicken sollen. Also muss ich wieder einen Eimer aus Plastik nehmen.

Einmal kippte mir der Eimer um, und das Wasser überflutete die ganze Wohnung. Ich musste es schnell aufnehmen, sonst wäre es nach unten zur Nachbarin durchgesickert. Eilig schmiss ich eine Packung Handtücher aus dem Schrank auf den Boden. Fast eine Stunde hat es gedauert, bis der Fußboden wieder trocken war. Nachdem ich die Tücher auf dem Balkon aufgehängt hatte, plumpste ich in *meinen Sessel, hob die Füße hoch und nahm mir fest vor, meinen Enkel anzurufen. Langsam ging mein Blutdruck runter und damit auch mein Zorn. Ich glaube, ich bin sogar eingeschlafen.*

Ich sitze so gern in diesem Sessel. Den haben mir die Kinder geschenkt. Er ist sehr bequem. Ich drehe ihn zum Balkon und kann meine Blumen anschauen. Blumen liebe ich. Früher hatte ich einen Garten, da habe ich viele Stunden verbracht. Mein Leben lang habe ich gepflanzt und gejätet, Kühe und Schweine versorgt. Haus, Ehemann und drei Kinder nicht zu vergessen. Und wenn ich an das Wäschewaschen zurückdenke! Von weit her musste das Wasser geholt werden. Die Wäsche wurde gekocht, auf einem Waschbrett bearbeitet, gespült, gebleicht, getrocknet und dann noch gemangelt. Das können sich die jungen Leute kaum vorstellen. Heute bringen die Frauen ihre Kinder in einen Kindergarten und gehen arbeiten. Auch Kinder- und Erziehungsgeld bekommen sie. Elektrischer Strom ist eine Selbstverständlichkeit. Und fast jede Frau besitzt den Führerschein und ein Auto. Wie gut geht es uns heute! Na ja, mir tut die letzte Zeit dies und das weh, aber ich meckere nicht. Bin glücklich, dass ich mir mein Süppchen allein kochen kann. Auch ein Paar Blumentöpfe kann ich noch bepflanzen. Aber das ist's auch schon.

Meine Füße und Hände sind mit mir alt geworden und, manchmal versagen sie. Dann bedaure ich sie, creme sie ein und rede mit ihnen. „Es tut mir so leid, dass ihr so viel arbeiten musstet. Es ging nicht anders."

Aber schon bin ich wieder mit meinen Gedanken woanders. Ich wollte doch meinen Enkel anrufen. Er soll mir endlich keine Blumen mehr schicken, und schon gar nicht so viel. Auch wenn er es bloß gut meint und mir eine Freude machen will. Lieber öfter anrufen sollte er. Seine Stimme zu hören, macht mir mehr Freude. Aber ich möchte ihn nicht kränken. Ich erzähle es auch keinem. Soll keiner wissen, dass die Enkel keine Zeit für ihre alte Omi haben und nur ein-, zweimal im Jahr Blumen und eine Karte schicken.

Letztens hat er mir eine große Schachtel Pralinen geschickt. Süßes esse ich schon lange nicht mehr, davon tun mir die Zähne weh. Auch darum mag ich keine Geburtstagfeier. Viel Arbeit, die ich selbst kaum schaffen kann. Und alles den Kindern aufladen, das möchte ich auch nicht. Wenn es schon sein muss, dann mit selbst gebackenem Kuchen. Fertiges aus dem Supermarkt schmeckt mir nicht.

Der große Karton von Fleurop muss entsorgt werden. Im Ganzen ist der zu sperrig, und zusammenfalten, das schaffe ich nicht. Letztes Jahr stolperte ich auf dem Weg zum Container und fiel auf die Nase. Eine Woche lang traute ich mich nicht nach draußen mit den blauen Augen. Das passiert mir nicht noch einmal.

145

Auch Geschenke möchte ich nicht haben. Ich hab doch alles. Und es lohnt sich nicht, für so eine alte Greisin Geld auszugeben. Das sag ich schon seit 10 Jahren. Doch mein Geburtstag kommt immer noch. Hat mich der liebe Gott vergessen? Trotz allem freue ich mich, wenn die Leute zu mir kommen, um mir zu gratulieren.

Aber nicht mit „Häppi Bösdey". Ich bin nicht böse, wenn sie alle kommen. Warum auch? Ja, ja ich weiß, es ist Englisch und heißt „Glückwunsch zum Geburtstag"! Das können sie doch gleich deutsch sagen! Für fremde Sprachen bin ich zu alt.

Na, wenigsten hatten meine Kinder was zu lachen.

So war meine Mutter.

Autorin

Ludmilla Dümichen lebt seit 1992 in Deutschland, heute in Bad Sassendorf. Wenn sie ihre Geschichten vorliest, scheinen sie aus einer anderen Welt zu sein. Kein Wunder, sie wurde weit im Osten Russlands an der chinesischen Grenze geboren. Dorthin wurden ihre Eltern nach dem zweiten Weltkrieg verbannt und zu zehn Jahren Arbeitslager verurteilt. Mit Vierzig eine neue Sprache zu lernen, war ihre große Herausforderung. Schon als Kind wollte sie Geschichten schreiben, später Journalistin werden. Inzwischen hat sie mehrere kleine Erzählungen in deutscher Sprache geschrieben. Sie ist Mitglied BördeAutoren Verein und seit 2013 schreibt sie als Redaktionsmitglied für das Soester Magazin Füllhorn. Ihr Motto lautet: Die besten Geschichten erzählt das Leben. In diesem Buch gibt sie uns Einblicke in ihre Welt.